社会万花筒之中国微小说系列丛书

给人性
一个答案

尹全生 著

中国书籍出版社
China Book Press

图书在版编目（CIP）数据

给人性一个答案 / 尹全生著. —北京：中国书籍出版社，2016.10
ISBN 978-7-5068-5882-3

Ⅰ.①给… Ⅱ.①尹… Ⅲ.①小小说—小说集—中国—当代 Ⅳ.①I247.82

中国版本图书馆CIP数据核字（2016）第246728号

给人性一个答案

尹全生　著

丛书策划	尚东海　牛　超
责任编辑	成晓春
责任印制	孙马飞　马　芝
封面设计	东方美迪
出版发行	中国书籍出版社
地　　址	北京市丰台区三路居路97号（邮编：100073）
电　　话	（010）52257143（总编室）　（010）52257140（发行部）
电子邮箱	eo@chinabp.com.cn
经　　销	全国新华书店
印　　刷	北京一鑫印务有限责任公司
开　　本	787毫米×1092毫米　1/32
字　　数	200千字
印　　张	6.75
版　　次	2017年1月第1版　2017年1月第1次印刷
书　　号	ISBN 978-7-5068-5882-3
定　　价	20.80元

版权所有　翻印必究

总 序

《社会万花筒之中国微小说系列丛书》由中国当代一流微小说（即小小说）作家，一人一册的单行本组成。所选作品，均为作者本人从《读者》《青年文摘》《意林》《小小说选刊》《微型小说选刊》等畅销杂志选粹而来。作品体现了作家在灵光一闪中捕捉到的生存智慧、独特体验、深度发现和特殊情感，文章构思新颖、奇异、巧妙，表现手法敏锐、机智，具有很强的文学感染力和可读性。其中，部分作品被翻译到海外，还有作品入选了国内中小学语文阅读教材或中高考语文试卷。

微小说体量虽小，却可折射大千世界的方方面面，信息量不小；篇幅虽短，却具备小说的全部要素，追求在突变中展现人的尊严、生命的原色和人性的光辉，以风格的独异、思路的奇特和情节的突转，来给人出其不意的一击，于"山穷水尽""柳暗花明"的峰回路转中，凸显"洞庭一叶下，知是天下秋"的独特艺术效果。

从上世纪80年代中期开始，快节奏的现代生活，使读者在工作、学习之外的阅读呈"碎片化"状态，人们在艺术鉴赏中，越来越注意审美经济原则，即以最少的时间获得最多的收获，微小说这种文体，恰好满足了读者这种"碎片化"的阅读需要，从而催生了微小说的迅速发展。

微小说不仅受到普通读者的喜爱，更是受到青年尤其是中学生的青睐。因为通过这套"社会万花筒"丛书的小孔，涉世不深的青少年能够纵览古今、了解中外、开阔视野、丰富阅历、辨别善恶、启迪智慧、砥砺意志，提高社会适应能力和观察分析能力，还可以学到语言运用、结构组织的写作技巧。

伴随着中高考制度改革，中高考作文越来越注重考查学生的想象力、创造力和感悟力，更加鼓励学生关注社会、关注生活。近年来的中考、高考语文试卷基本都有"话题作文"，而"话题作文"与微小说十分接近。2000年，陕西一高考考生的作文《豆角月亮》获满分，被曝属抄袭《小小说选刊》的微小说《弯弯的月亮》；2001年，南京高考考生蒋昕捷的《赤兔之死》获得高分，被转发于《微型小说选刊》。

本套丛书作者周海亮的《父亲的秘密》，入选了2008年福建省福州市初中毕业试题和中专学校招生考试试题，《诊》入选了同年度青岛中考试题，《父亲的游戏》入选了

2009年北京朝阳区高三第二次统一练习语文试卷，《战地医院》入选了安徽省合肥市高校附中2009年高三联考语文试题；本套丛书作者尹全生的《朋友，您到过黄河吗》，入选了海南省2005年高考测试试题语文卷的阅读题，《最后的阳光》入选了广东省2007年高考能力测试题，《海葬》入选了广州市天河区四校2009届高三语文上学期联考模拟试卷语文试题的"文学类文本阅读题"，《狼性》被更名为《即绝不回头》，入选了2013年南京市中考模式题，等等。

近年来各省市中高考的作文命题中，"话题作文"已成为主要类型。只要学生平时读一点微小说，熟悉这种文体，或者尝试写过这种文体，在中高考时就不会犯怵了。如果头脑中有那么一两个人物、一两个故事，稍稍构思、加工，得到基本分是有把握的。

由此可见，不仅中国读者需要微小说，中国教育特别是中学教育更需要微小说，它是学生受益、教师推荐、教育界推崇、家长放心的一种文体。

编　者

硬朗文风的美学价值（代序）

杨晓敏

襄阳汉江边的尹全生是小小说阵营里的一员骁将。20世纪80年代发表的《驼背寨》《白茅沟》，其代表作《海葬》《七夕放河灯》《借条》，以及2006年的获奖小小说组《命运》等，给作者带来至高的声誉。

《海葬》是惊涛骇浪中壮美的生命礼赞。这种把人物置身于特定环境中来展现性格、尊严、勇于担当责任的构思，的确有石破天惊之效用。涛起云涌，风暴雷霆，大海上发生了大自然中如此壮烈的一幕。这个题材以容量和内涵来说，本可写成中篇小说或电影剧本（想必读者对其场面的宏大和人物感情的复杂留下了深刻印象），而作者却缩龙成寸，仅以不足两千字的篇幅写就，情节集中，文笔凝练，使人感到小小说确能容纳大题材。在作者笔下，所有的景物都具有主观色彩，船帆会勾结风暴背叛渔人，海浪会奸笑，船被海烧急了会蹿上云端，寓情于景，情景交融，下笔不俗，力度很强，最后那三个老渔夫苍老而豪迈的笑声，在读者心头久久回荡。

《精神》蕴含了较为丰厚的文化思辨，可更为吸引我的是爷爷的性格。有文化的爷爷，无疑是农村中生存质量和精神品位较高的人物。他的文化结构带有明显的时代烙印，即以儒家传统文化观念为支柱。这里面有一个相当精彩的细节，气息奄奄的爷爷听到孙子要当官的喜讯，居然精神为之一振，问清了孙子的官职级别，老泪纵横，不能自已，大病不治自愈。这个情景的生动描写，有力地强化了人物性格，也为结尾处爷爷之死做了合理铺垫。

我也喜欢《借条》这样的具有传统教育意义的作品。1946年，解放军护送伤员的周大成连长，向村民大庚借了50斤麦种，并打了张借条，说等全国解放了，让他凭借条到县政府换麦子。三年后县城解放，大庚带着借条进城兑换麦子。想到政府分的房子和地，他觉得自己"不够意思"。遭遇"三年自然灾害"，大庚看到县委书记都在挖野菜，他发誓再不拿借条找政府了。

后来大庚变得老态龙钟，他打算在自己的有生之年买口好棺材重新安葬媳妇，决定再一次带借条去找政府。走到县城外的烈士陵园，大庚躲雨与看护陵园的老头聊起天来。看护陵园的老头讲起了一段往事：1949年解放军攻打县城，请他当向导。有个团长对他说：曾向后山村一个老乡借过50斤麦种，等打完了仗，一定要到后山村看看，归还麦子。大庚离开烈士陵园直接踏上了回家的路。他红着眼圈说："为解放咱这个县，人家连命都搭上了。人家找谁讨账？"一张借条凝聚了中国半个世纪的发展历史,同时也描摹了各个时期阶段中的人心演变。社会的发展也许会滋生许多不和谐的东西,但不会因为岁月变迁而改变的,那就是人心深处最真的情感。

《延安旧事》不仅塑造了挥泪斩功臣的毛泽东的坚毅性格,"那是支挥洒着磅礴气势、辉煌哲思的笔,忽如瑞鹤乘风,忽如游龙入海,写完了《沁园春·雪》,写完了《实践论》《矛盾论》。然而同是那么一支笔,这天却变得艰涩了,如同沉重的犁铧,走走停停,艰难地在油灯下苦耕——那支笔是在苦耕一块板结了几千年的刑不上大夫的僵土,更是在辗压一片连触及都不忍的感情。"还塑造了被判死刑的黄克功坦然伏法的倔强形象:听完宣判的黄克功向法官敬礼——抬起胳膊时意识到没戴军帽,转而振臂高呼:"他的领袖——万岁!"这一呐喊令人动容!"当时,陕北的老百姓大概还不懂什么叫'法律',但他们会用粗犷的信天游的旋律,唱《东方红》,唱《解放区的天是晴朗的天》,直至唱得'泪飞顿作倾盆雨'……"

尹全生近期作品的深刻程度依然不减当年,尤其在人性的开掘上很下功夫。《狼性》属当代寓言,有言外之旨。所谓狼性,狼之贪婪本性也,而人之贪婪,甚于狼矣。"狼这时舔的实际已经是自己的血了。它舌头上淌出的血越来越多,舌头抽动的速度也越来越快,因此淌出的血就更多……最终,贪婪的狼,腿一软瘫倒在地——它已经失血过多,垂垂死矣!"试看贪婪的结果,无非是刀口舔血,自寻死路罢了。这种把劲非要用到十分才肯罢休的写作姿态,颇有鲁迅风骨。一支笔犹如解剖刀，敢于把血淋淋的事实，剖给麻木者看。

《找钱》同样反映了某些社会病态。矿主开着宝马经过收费站，收费站刚聘用的农村小姑娘只认规定，让他交10元钱过卡费，这位暴富的矿主和10元钱较上劲了，因为他以前开车过收费站都是免收过卡费的。他的车畅通无阻时，他会有一种说不出的荣耀感，因为鼓涨的腰包让他的头上戴满了数不清的"红帽子"。他认为过卡是否交费绝不是个钱的问题，而是个身份问题。他要用另外一种方式，来显示自己呼风唤雨的能耐、翻江倒海的本领，来炫耀自己的社会地位。于是他调动矿上所有的车辆循环不断地来到收费站，用100元付10元过卡费，没多久一条坦坦荡荡的国道，就这样陷入瘫痪。这个故事诠释的人性裂变，社会的堡垒真的如此不堪一击吗？作者的忧患与爱憎跃然纸上。

《世仇》讲述了塔克拉玛干沙漠上的一对天敌——公狼与食狼鹰的较量，这不仅仅是两个世仇之间的挑战，还是一个物种本能和天性的自我挑战。食狼鹰惯用的伎俩不是直接捕杀，而是激发狼回头反击；当狼回头欲以死相拼时，食狼鹰才迅雷不及掩耳地将备用的利爪钩进狼的双眼。公狼掌握了食狼鹰的伎俩，克制、遏止住了自己的本能和天性，绝不回头。而食狼鹰这时完全不必要等待狼的回头。狼不回头，它完全可以用另一只爪子，抓住狼的脖颈或脑门，腾空而去。但食狼鹰墨守惯用的章法套路，固执地、坚定不移地在等待狼的回头。

"任何动物得以生息繁衍，都有其合理性。这种合理性的核心，是其本能、天性顺应了物竞天择的自然法则。如果没有自己的本能和天性，谁也别指望生存下来，哪种动物也休想生息繁衍。但是，在某种情况下放任自己的本能和天性，往往又是导致毁灭的根源——不论是作为这种动物整体还是个体。那么，在一定情况下克制、遏止自己的本能和天性是理智的。"在这场较量中，公狼的胜利得益于自我挑战的成功，敢于改变习性，乃至改变本能。食狼鹰输了，输在墨守成规，输在天性的固执。作品在把一对世仇的决战演绎得惊心动魄的同时，也给人们留下了一个意味深长的思索。

有人常感叹偌大的小小说领域，多是软弱的笔力在写庸常的生活内容，或使用一些小技巧来完成一个小故事，既忽略了文学艺术品质的锻造，也缺少敢于提出问题的勇气和胆量。而尹全生这种强悍凌厉、颇有霸气的文字，如雪原鹰击、旷野冽风一样肃杀。遒劲的文风，读来荡气回肠，极具震撼力和美学欣赏价值。在这个意义上说，尹全生是真正意义上的现实主义作家，在当代小小说领域极具影响力。他坚持文以载道的信念，最为直面人生，尤其值得推崇。

杨晓敏，河南省作协副主席，当代小小说事业倡导者，著名评论家。著有《当代小小说百家论》《小小说是平民艺术》等。主编有《中国当代小小说大系》《中国小小说金麻雀获奖作家作品集》《中国年度小小说》等百余种。

目 录

狼　性	1
世　仇	5
重塑灵魂	9
海　葬	13
得道仙境	17
云　山	21
延安旧事	24
一尊神的来世今生	27
植根于碗中的命运	31
黑暗中的"甲虫"	34
给人性一个答案	37
日氏家谱	41
七夕放河灯	44

栅栏之隔	49
驴　缘	53
一种叫"愁"的病毒	57
老式电话	60
借　条	64
精　神	68
知足之足	72
零点鬼电话	75
找　钱	79
命之理微	83
雁栖荒滩	87
最后一杯茅台	91
沙漠三人行	95
拯救众生的那片高地	98
巫　婆	102
背背猴	106
两代人的积蓄	109
家务风云	113
耍猴者秘传	118
猴　魁	122
骗购圈套	126
风雪工棚宴	130
家有宠物	134

致狗发疯的地方	138
最牛班长	142
鼠　辈	146
绝世奇术	149
朋友，你到过黄河吗	153
喜　鹊	157
破译脑电图	161
蟒二代	164
脑筋急转弯	168
香港游记（小小说组）	172
命运（小小说组）	180
草木一秋（创作谈）	194

狼　性

　　隆冬时节，北国边陲的禅山屯银装素裹。

　　陶大夫的侄子在大城市混阔了，不远千里回到禅山屯，要接父母到城里去享清福。

　　回乡的当天晚上，侄子提着礼品来看望陶大夫。寒暄过后侄子掏出一张处方，说近年来自己总感身体不适，可是经许多大医院检查，并没发现明显疾患，无奈之下找到一个很有名的老中医诊断，开了这张处方。

　　年近六十的陶大夫中医造诣颇深，尤其擅长疑难杂症，方圆百里久负盛名。只是由于没有文凭学历，又看不惯大小城市医院的乱收费，他一直都在民间行医。陶大夫在处方上扫了一眼："既然是大城市名中医开的处方，你直接拿去抓药得了，为什么还要拿回来给我看？"

　　"我发现那老中医开处方时，思忖再三、欲言又止，神色很是古怪；而且，那老中医口头交代的药引子更古怪——

狼心一个！"

"狼心？"陶大夫这才认真审视那张处方。审毕，他问侄子什么地方不适。一脸憔悴的侄子说："我总感到心里发慌、发虚，食不甘味；夜里还总是做噩梦，惊醒后浑身冷汗淋淋的！"

陶大夫把脉过后又逐字审视处方，审毕喃喃自语道："真可谓命之理微，医之理亦微；天下至变者病也，至精者医也。"

"你是说这处方不对症？"

"这处方出自高人手笔，症既洞彻，药必效灵。你照处方抓药服用定可见效。不过……"陶大夫也是思忖再三，"不过，狼心不易得啊。"

禅山屯四周山高林密，群狼出没，得狼心不是难事，可这一带早已禁猎。侄子说这天寒地冻时节不会有人巡山，即便是被人发现摆平也不在话下，请陶大夫再帮忙猎一只狼。

陶大夫早年喜欢打猎，有猎狼绝技在身。他应承了侄子要求后便开始准备猎狼用具：先宰了只鸡，将一把锋利的三棱刮刀沾上鸡血放到室外，待鸡血冻住后，将三棱刮刀再次沾血……如此反复多次，三棱刮刀的利刃便被严严实实地包了起来。

第二天，两人一道走进了白雪皑皑的山林。陶大夫选好猎狼场所后，先将刮刀头朝上插进雪地里，又从怀里掏出矿泉水瓶子，将水浇在刮刀旁，转眼间刮刀就被牢牢冻在雪地上了。之后，两人到下风头选地方隐蔽起来。

给人性一个答案

大雪封山，一只断了吃食的饿狼循着血腥味找到了刮刀。饿狼最先企图将三棱刮刀叼走，努力失败后，就迫不及待地用舌头舔刮刀。被舔化的鸡血散发出强烈的血腥味儿，饿狼越舔越快，越舔越有力，三棱刮刀渐渐露出了锋利的刀刃。但狼并没有停止舔食。

侄子感到奇怪，悄声问陶大夫："刀刃已经露了出来，它怎么还在舔？"

"狼的眼睛只顾观察四周动静，没发现已经舔到了刀刃——就是看到了刀刃它也不会停止的。"

侄子大惑不解，问这是为什么。陶大夫说狼嗜血成性，已经舔到了不顾一切的"忘我境界"，把不住自己舌头了。"而且，三棱刮刀的槽很深，虽然刀刃已经露了出来，但刀槽内遗留的鸡血还没舔净呢！"

远远看去，狼迅速抽动的舌头舔到了刀刃，舌头开始流血了，但狼仍然没有停止舔食。

侄子忍不住又问："那家伙难道不觉得疼？"

"狼本性贪婪，又正舔到兴头上，在血腥味的诱惑下，已经感觉不到疼了。我就是摸准了狼的本性，才琢磨出这一猎狼招数。"

"真是怪事——舌头血流如注，它竟不知道疼！"

"就是知道疼它也不会停止——这就如同世上的贪官脏官，明知道贪污受贿是犯罪，甚至可能掉脑袋，可是有几个忍心收手的？"

零下二十多度的冰天雪地里，侄子的脑门上居然沁出了汗珠。

狼这时舔的实际已经是自己的血了。它舌头上淌出的血越来越多，舌头抽动的速度也越来越快，因此淌出的血就更多……最终，贪婪的狼，腿一软瘫倒在地——它已经失血过多，垂垂死矣！

该过去拖死狼了，做药引子的狼心唾手可得了！而侄子的双脚似乎被冻在了雪地上，痴呆呆地看着陶大夫："我现在觉得，用狼心做药引子心里发怵。"

"听说你在外面当局长对吧？"陶大夫也没去拖死狼，却拖住侄子要下山，"实话对你说吧，那服中药本来就不需要，药引子更不需要——狼心、良心只差一个偏旁啊！那老中医的用意你难道现在还不明白？"

世 仇

这是在塔克拉玛干沙漠边缘长大、刚刚成年的一匹公狼。它承袭了祖辈在大漠里奔袭捕杀养成的桀骜不驯的野性,两眼闪烁着生机蓬勃、特立独行的气息和气吞万里的寒光。

狼有昼伏夜出的习性,很少在白天出窝。可公狼不然,青天白日的照样在荒漠上游荡。它矫健、敏捷、凶悍,那森冷凛然的目光不是在沙漠里寻找猎物,而总在扫视天空,好像它的猎物潜藏在哪片云朵后面、潜藏在天空蔚蓝色的深处。

它在等待和寻找一只鹰。

那是一只曾经捕杀了它父亲,又捕杀了它母亲的食狼鹰。

当时公狼还在哺乳期,父母不忍它饥饿,青天白日的到荒漠上觅食,它跟随在后面撒欢。突然,从乌孜别里山方向飞过来一只巨鹰。这就是凶猛强悍,以狼和黄羊为食的食狼鹰。乌孜别里山本来没有型体巨大的猛禽，这只食狼鹰不知什么时候从什么地方落户到了乌孜别里山，成了塔克拉玛干沙漠边缘狼的天敌。

那时，公狼还不知道食狼鹰对于狼意味着什么，站着看稀奇。食狼鹰选定它为目标，从高空俯冲而下，箭镞般迅猛。当它意识到危险、拼命逃跑时，食狼鹰已经逼近，巨翅扇起的风飞沙走石。父亲见状猛扑过来，用身体阻挡食狼鹰的攻击。近在咫尺的鹰随即改变了攻击目标，一只钢钩般的爪子抓住了父亲的后腰。父亲嚎叫着转过头，欲同天敌拼一死活。不料食狼鹰老练而迅速地伸出另一只爪子，准确无误地钩进了父亲的双眼。父亲当即毙命，被食狼鹰牢牢抓住，腾空而去。

那一刻，公狼亲眼看到了食狼鹰的凶猛，凶猛到没有可能抵挡。对于相对弱小的狼来说，除了被捕杀似乎再无其他选择。

不久，母亲同样丧命于食狼鹰的利爪。

公狼是在对食狼鹰的仇恨和恐惧中长大的，是在对父母痛苦的思念中长大的。仇恨、恐惧和思念，最终熔铸成了向那只食狼鹰讨还血债的欲望。

因此，它走上了光天化日下的荒漠，向仇敌挑战……

食狼鹰终于出现了，悠闲、高傲地在辽阔的天际盘旋，如同在巡视自己的领地。公狼冲着仇敌仰天发出一声宣战般长嗥，而后不紧不慢地小跑。食狼鹰也发现了猎物，一阵回旋作势后，敛翅俯冲而下，像一道黑色的闪电射向公狼。

给人性一个答案

公狼开始加速,撒开四蹄向一片灌木丛狂奔。那是展示公狼全部野性和活力的狂奔。但狂奔毕竟是狂奔,从天而降的食狼鹰还是以迅雷不及掩耳之势逼近了公狼,一只钢钩般的爪子抓住了它的后腰。公狼感到了钻心的疼痛,但它没有停止狂奔,更没有像父辈那样当即掉转过头与食狼鹰相搏。

遭到食狼鹰从后面的攻击时,回头以死相拼,是狼自卫、求生的本能和天性。而公狼克制住了自己。

任何动物得以生息繁衍,都有其合理性。这种合理性的核心,是其本能、天性顺应了物竞天择的自然法则。如果没有自己的本能和天性,谁也别指望生存下来,哪种动物也休想生息繁衍。但是,在某种情况下放任自己的本能和天性,往往又是导致毁灭的根源——不论是作为这种动物的整体还是个体。那么,在一定情况下克制、遏止自己的本能和天性是理智的。公狼克制住了自己。

其实,对于狼的攻击,食狼鹰的第一爪不是杀手,而是激发狼回头反击的伎俩;当狼回头欲以死相拼时,食狼鹰才使出撒手锏——迅雷不及掩耳地将备用的利爪钩进狼的双眼。食狼鹰的爪子不但强健有力,而且铁钩般尖利,当即便可直刺进狼的颅腔而使之毙命。

从对父母被捕杀惨痛景象的记忆中,从一次又一次同类遭捕杀血淋淋的场面中,公狼掌握了食狼鹰的伎俩。因此它克制、遏止住了自己的本能和天性,绝不回头,继续狂奔。而食狼鹰这时完全不必要等待狼的回头,狼不回头,它完全可以用另一只爪子,抓住狼的脖颈或脑门,腾空而去。但食

社会万花筒之中国微小说系列丛书

狼鹰墨守惯用的章法套路，固执地、坚定不移地在等待狼的回头，被狂奔的公狼拖着朝前飞。

公狼已经狂奔到了灌木丛的边缘，食狼鹰还抱着胜券在握的信心在等待。然而，等待食狼鹰的却是死亡——公狼拖着张开翅膀企图减速的食狼鹰，狂奔进了灌木丛。始料不及的食狼鹰没能抽出自己的利爪，被灌木丛撕扯成碎片。

重塑灵魂

瞎子和跛子可以算作村里的"塑神专业户",远近百里的庙宇,凡需要重塑山神、土地神像的,都请他们去。

塑神像的活儿,每次都是瞎子唱主角,跛子只管打杂。

瞎子怎能塑神?他说自己心中有神,因此他塑的才是真神。瞎子这话是真的瞎忽悠才对,其实他每次塑神,事先都由跛子根据自己所见来描绘一番,心灵手巧的瞎子便依其所云塑造罢了。

这次,要塑一尊河神,可跛子从没见过河神,没法描绘,瞎子也就无从下手。若说不会塑河神是不行的,不但丢了生意,还要遭人耻笑,但如果随便按山神、土地之类的模样胡乱造一个,恐怕也砸了日后饭碗。

两人搜肠刮肚几日无果,为难得抓耳挠腮,便一同外出打酒回来解闷。途中过河,瞎子背着跛子蹚水过河。这条河水浅而宽,河床间柳丛多,堪称"水清石出鱼可数,林深无人鸟相呼"。

　　走到河中间,跛子突然压低嗓门道:"柳丛里有人洗澡!"

　　瞎子当即有些激动地问:"是光着身子的女人洗澡?"

　　背上的跛子浑身发抖、牙打战,结结巴巴地指挥瞎子悄悄往柳丛附近靠拢。两人顿时像通了电,跛子在上面抖,瞎子在下面抖,这一抖,瞎子的腿就不听使唤了,"扑通"一声,两人倒在河中,激起一片水花,响声顿时惊得洗澡的女人抓起衣服逃之夭夭了。

　　跛子爬起来见没了女人,懊丧得直拿拳头擂胸脯,"这是从没见过的白花花、赤条条的女人哪!可一转眼就不见了!要不是跌那一跤……"

　　瞎子也惋惜——跛子形容描绘过的女人不少,但白花花、赤条条的女人还从没形容过。要不是跌那么一跤……

　　过了一会儿,懊丧的情绪突然着了火,瞬间燃起来。瞎子先咬牙切齿地朝着空气瞎轮起一拳:"熊蛋包!要不是你在我背上抖……"

　　跛子也来气了,照准瞎子的黑脸甩了一巴掌:"窝囊废!要不是你摔那一跤……"

　　就这样,两个同居一室、相依相伴几十年的老光棍儿,拳脚相加,打得天昏地暗。他们都太遗憾了,窝在肚子里那股由失望、悔恨、愤懑汇成的烈焰,不喷发出来非活活憋死不可!当血从嘴里、鼻孔里,以及其他伤口里涌出来时,他们都感到爽快极了。

　　最后他们瘫倒在河滩上号啕大哭,惊得树林中的鸟儿尖叫着飞远。

情绪发泄了,跛子心里突然浮出了几分自豪:"咱这五十几岁总算没白活,也看到白花花、赤条条的女人了!"

瞎子来不及悲哀,急忙爬起来求告:"我的爷,快讲出来听听吧!"

跛子就动情地形容起来,那白花花的臀,让瞎子想到了曾在秋阳下摸过的轻柔柔的棉花;那细嫩嫩的胳膊,让瞎子想到了曾在清晨摸过的脆生生的豆芽;那鼓鼓的胸,让瞎子想到了曾在饿急时拿到的热乎乎的馍馍……

听完跛子的描述,瞎子脸上忽然生出严肃的表情:"这么说,我们今天怕是遇到神了——当年我行骗,骗了一头两百多斤的猪,扛了三里路都不喘,可今天我喘了,连腿都软了!"

"谁说不是?——当年我入室行窃被发现,刀架在脖子上都不抖,可今天我抖了,没了骨头似的!"

瞎子注视远方良久,猛然一拍大腿:"我们今天碰到的,说不定就是河神吧?"

跛子缩脖子愣了半天,突然低喝:"没错!"

回到家,跛子开始和泥,瞎子开始塑神。

虽然常年干塑神的营生,但瞎子和跛子从来不把所谓的神放在眼里,他们只是靠塑神的手艺混饭吃,所以,人前他们就夸神灵如何神通广大,人后他们就说些不入耳的污言秽语。可塑这尊河神时,两个人都感到诚惶诚恐,一种神圣的感觉使他们紧张得不敢直腰,更不敢大声说话。

河神像塑好了,弓腰与神像前,瞎子和跛子竟觉得被圣

社会万花筒之中国微小说系列丛书

洁的灵光笼罩着，不由自主地想跪下去……

打开庙门，早等候在外面的善男信女们燃着香火拥进来。看到神像众人先是一阵惊愕，继而像开了锅似的议论起来，"这哪是河神，明明是个光着屁股的骚娘儿们嘛！"

瞎子和跛子急了，本想骂人，可转念一想：罢了，愚钝之人有眼无珠，不识真神，两人大半辈子就塑这么一尊真神，怎能留给他人呢？撇下河神在这里少不了还要受虐待和非议。他们干脆不要工钱，把河神拉走，供奉在他们合住的土屋里。

从前，瞎子和跛子两个人的生活轨迹差不多，无非是偷鸡摸狗、坑蒙拐骗。他们不信神，也从不相信轮回报应。可自从在屋子里供奉了河神，他们就感到了一种敬畏，好像时时被一种神秘的目光注视着，又似乎被一双神秘的手臂呵护着……

这以后的日子，他们再不干歹事了，瞎子觉得眼前总是亮堂堂的，跛子觉得世上的路都是平坦坦的。

给人性一个答案

海 葬

　　蔚蓝的海，蔚蓝的天，蔚蓝的海和天的尽头，耸立着白得发亮的云山；白得发亮的云山下面，泊着一叶蓝灰色的帆。

　　是该撒网的水域了。海沉默着，船上的五个人也都沉默着。三个年迈的渔夫铁青着脸，在船舱里无声地抽烟；阿根和鸽子坐在船板上，互相用眼睛传递着惶惑。

　　这次出海本来就不是打鱼，而是一场阴谋。

　　主谋是鸽子爷。鸽子是他五十岁那年捡来的。捡来了鸽子就没了鳏夫的孤独，却也捡来了数不清的艰辛。他用老渔夫多咸味儿的血汗养育他的心肝。为了鸽子少一声啼哭多一个笑脸加一件新衣，他曾被雷电的金鞭抽下大海，被黑鲨的尾鳍砍断肋骨……

　　鸽子十九岁了，是条美人鱼呢！通风透亮的日子总荡漾着苍老的欢笑。可是，他渐渐发现鸽子再不像只小猫，整天

13

围着他撒娇,却与阿根那小子黏糊上了!鸽子的变化使他目眩,使他恐慌。十九年了,他还从没想到过鸽子是会飞的。鸽子要是飞了,日子还叫什么日子?而且,他眼里的阿根哪点能同鸽子比?而且,阿根又姓魏!为此,他告诫,他劝说,他恳求……然而一切都是徒劳,鸽子总是羞红着脸说:"爷爷,这事您别管。"

阿根这狗崽子,真把我鸽子的心勾去了!这哪儿成,这哪儿成!鸽子爷终于请来了老二、老三合计对策。在荒僻渔村的古老的小屋里,掩起门窗,点起蜡烛,倒上大碗烈酒,喝得眼睛血红。"那狗崽子,要掏我的心哪!"鸽子爷抹去两行浊泪。

老二眼里燃着愤怒和恐慌:"咱姓于,任他们成了,不是'喂鱼'吗?"

老三一拳砸在桌子上:"拆!"

三个同胞兄弟捧着酒碗策划了一个险恶的阴谋:让阿根相帮出海捕鱼,到深海逼他中断与鸽子的往来,他若是不从就朝海里推了,喂鱼!如果一旦事发蹲监砍头——三个老兄弟一同摔碎酒碗一同低吼:"值!"

……宁静的海天,静穆的云帆。

鸽子爷长长喷出一口浓烟:"阿根,你小子下来。"

阿根仓皇不安地走进船舱,盯着鸽子爷的脚尖;鸽子轻手轻脚地跟进来,盯着阿根的脚跟。海上骤然风起,船晃起来。鸽子爷首先发话:"你,往后不准再勾引我的鸽子!"

阿根脸一红:"可我们……"

给人性一个答案

鸽子脚尖磨着脚尖:"……合得来。"

"你们姓氏相克!"

阿根、鸽子异口同声说:"我们不信命。"

涛起云涌,满海烧起了黑色的火焰,满天烧起了黑色的火焰。船被浪烧急了,窜上云端;又被云烧怕了,缩进浪谷。鸽子爷稳住身子,只冲阿根道:"你休想!"

仍是异口同声:"我们铁了心!"

老二、老三一拍大腿喝:"铁了心也得散!"

船猛地一栽,像要翻跟头。阿根一把抱住就要跌倒的鸽子。老渔夫们的眼被烤红了,跃身挺起,齐发一声喊:"喂鱼!"

骤雨嚎着泼着倾过来,雷电咆着闪着抽过来,海天啸着旋着碾过来!帆经不住威吓,勾结风暴,背叛了渔人,把腰一弓,船尾便插进海里,船首便翘进云里……一排浪奸笑着撞进船舱。老渔夫们中断了已近尾声的胁迫,一齐扑出船舱,用斧头、牙齿和老命折断了桅杆。而木质船体上被砸被撞被碾裂的道道口子,却是不能堵塞了。

阿根舍命从船舷上抢到仅剩的两个救生圈,一个塞给鸽子,一个递向鸽子爷。鸽子爷鼻子里喷出声恶气,夺过救生圈,递向老二、老三;老二、老三却推回来,风浪中喊:"哥呀,带鸽子——逃命吧——"

鸽子爷牛眼圆瞪,把四个人看了个遍,最后牛眼套住了阿根,青筋布满了额头。云在向下压,浪在往上涌;船在往下沉,血在朝上冒……猛然,救生圈套到了阿根脖子上;猛然，鸽子爷的声音盖住了风暴雷霆："狗崽子！你要好好待我的鸽子——"

老二、老三也只是一刹那的惊愕。

三双枯手一同抹去两张嫩脸上的泪，三双枯手一同把两个跪着的人掀进了暴虐的大海，再喊一声："回去吧！孩子们——"

六道期望的光柱，把两个救生圈推向谁也看不见的生命的彼岸。之后三人一闭眼，随浪头跌进船舱，坦然封起舱门，在齐腰深的水里站定，打开酒葫芦……好来劲的老酒啊！

酒下了肚豪情就淹没了忧伤。老二、老三道："我们已经是儿女满堂的人了！"

鸽子爷喊："我的鸽子，有甜甜蜜蜜的日子啦！"

满足的笑，苍老的笑，豪迈的老渔夫的笑！——风暴掩不住，雷霆盖不住，海浪埋不住！虽然当风暴过后，这里只剩下那片蔚蓝的海、蔚蓝的天。

海呀……

得道仙境

旅游胜地——湘西武陵源有一景观叫"一步难行"。该处有一柱状孤石从数百米深的幽谷中挺出,奇险无比。有人说:登上该石不但可尽赏绝佳绝奇风光,而且置身于四面凌空的仙境净土,可得禅机点化,使人大彻大悟。

如此好去处不去枉此一生!甲乙二人借假日结伴前往。

得一群闲散山民指点,他们来到了"一步难行"的地名牌下。再往前走,两人都不约而同止住脚步,惊得倒吸一口冷气——脚前横着一道阴风飕飕、云雾沉沉、看不见底的深涧!深涧对面,正是那个顶端有半个排球场大小、越往下越细的柱状孤石。

涧虽深却并不宽,最窄处不过八十公分的样子。两人心头发紧又向往异常,跃跃欲试,互相鼓舞道:

"过!有什么难行的,不就是一小步嘛!"

"过!不过白到此一游!"

抬腿欲迈，但往脚下一看，两人都头晕、心跳如鼓、腿软如泥，身子往后一缩，退到地名牌下；到了地名牌下腿还在打战，冷汗也在这时才涌出来。他们总结教训，认为此举败在一双眼上：若不往下看，哪会头晕心跳腿发软？两人发誓绝不再往下看，谁往下看就自己把自己眼珠子抠了！

誓毕跳起来，目光平视直往前走，如同大义凛然步入刑场的豪杰一般。可是走出两步眼睛就不听使唤了，都用余光看脚下；看着看着到了深涧边缘，两人当即都又感到天旋地转，重整旗鼓的勇气顷刻支离破碎，再度败下阵来。

败下阵来又是总结教训。

甲认为："往下看是必须的必然的，人是长眼睛的动物，怎能不用眼睛看路呢？"

乙认为："关键是看了不要头晕心跳腿发软，用理智管住自己不就得了？"

甲捋胳膊道："管住了自己，一道八十公分宽的小石缝怎挡得住堂堂七尺之躯？我上中学时三步跳远，轻松跳过了八米五！"

乙拍胸脯道："再来再来！这样的好去处，即便是摔下去粉身碎骨也值得！人固有一死，死在此地羽化成仙正求之不得呢！"

两人咬紧牙关，禁止头晕心跳腿发软，一步一停往前走。不争气的是，越是禁止头晕心跳腿发软，越是天旋地转，理智硬是不能战胜本能的恐惧。还没走到深涧边缘，两人都抖得抬不起脚了。

给人性一个答案

欲过不能欲罢不忍,两人靠地名牌坐下,开始慨叹自责:

甲说:"人哪!最难战胜的就是自我了,这是人永远不能战胜的弱点哪!"

乙说:"世上最没出息的,恐怕就属人了!"

人既然最没出息,没出息到连一小步都迈不过去,那么非人的动物就是应该崇拜的。他们称道飞蛾:飞蛾明知会被火烧死,竟然敢于去扑火!又称赞人的祖先猿猴:当初,猿猴明知虎狼遍地,竟然义无反顾地下了树,十死八九而不退回树上,才得进化,才有人类……

他们因此得出了越是高等动物越是不能战胜自己的结论。

甲说:"那么人是高等动物,人战胜不了自我就是必然的。而且,越是头脑发达的人越是不能战胜自己,遇事越是瞻前顾后。"

乙说:"这说明我们两人,都是头脑发达的高智商人!"

慨叹自责变成了自慰和荣耀。

甲说:"不能受人蛊惑!什么他娘的仙境净土、禅机点化,扯淡!不过了!"

乙说:"冒这险不值,一但跌下去粉身碎骨,轻于鸿毛!"

说到投机处,猛然听到身后一片呐喊,惊回首,见曾为他们指路的那帮山民各持木棒石块,成半月状正朝他们包

社会万花筒之中国微小说系列丛书

抄过来！——途中有人曾向他们介绍，说湘西这地方民风凶悍，如今仍偶有强徒出没，他们原以为此属危言耸听，没想到还真遇到了强徒！

两人魂不附体，爬起来竞相逃命。逃出几步，听得身后一片欢呼，回头看时，却见那帮山民捕到了只野兔，在欢呼胜利！方知刚才为一场虚惊。

然后再看脚下，他们已站在柱状孤石顶端，站在云之上、鹰之上了！

两人面面相觑：这是怎么过来的？

给人性一个答案

云 山

  这是我有生以来头一次到海边作画。

  正是夏去秋来时节。夕阳入海处,天空是火红的,轻柔的海风牧放着层层叠叠的火焰般燃烧的海浪;海浪在向辽远的东方匍匐燃烧的过程中颜色越来越暗,最后融进耸立在海天尽头的云山底部。那云山巍峨磅礴,其底部是灰黑色的,越往高处色泽越淡,逐渐过渡成为深紫、暗红,仰望其顶端,则是不断翻滚蒸腾着的橘红、米黄、乳白相间的明灭云霞。那景象令人魂悸魄动,恍然觉得云山顶端便是"霓为衣兮风为马""仙之人兮列如麻"的神仙境界!

  当夜,在旅馆的客房里面,我开始把这惊心动魄的景象描摹在纸上。经过挥汗如雨的两昼一夜,一幅题为"云山"的油画完成了!何等气势磅礴、何等辉煌壮丽的一幅油画呀!我敢断言:它必将会成为中国画坛的瑰宝!

  罢笔来到海边。我要感谢神奇的大自然对我的丰厚馈

21

社会万花筒之中国微小说系列丛书

赠！这份馈赠足以使我步入名画家的行列。海平如镜，晃着初阳的无际金光，天空万里无云。前天的云山呢？它来自哪里又藏匿于何方？

我举起望远镜眺望云山旧址时，意外发现了一座岛屿！海图上并没有这座岛屿呀？是幻觉？举起望远镜再细看，我发现岛上似乎还有人，一个站立在危崖之上的人！是吹笙吟海风的隐士？还是鼓瑟泛波涛的仙人？

一种强烈的冲动涌上心头：我要登上那座岛屿！我要去拜见岛上的那个人——或者是隐士或者是仙人的人！

很容易就雇到了一艘小艇，劈波驶向那只有从望远镜中才能看到的小岛。途中问驾艇者：这一带海面可有居住人的岛屿？对方说绝对没有。那么，这座岛屿难道是传说中的"海上三神山"中的一座？我用望远镜牢牢盯住那座小岛和小岛上的人。

景象越来越清晰：小岛比足球场大不了多少，见不到房舍道路；那人的着装绝非现代人的着装，倒很像神话传说中的仙人装束，很像几千年前的古人的装束。他站在临海一块巨大的岩石上，似乎是在向我眺望。他是什么人？是从前天那座云山上降临的仙人，还是生活在与世隔绝、"兰生谷底人不锄，云在山崖自卷舒"幽境中的隐士？我恍然觉得小艇正在脱离现实，驶向远古，驶向虚幻，驶向神话世界。

不用望远镜就可以看到小岛和小岛上的人了。那人站在岩石上向我挥手跳跃。我的心开始收紧，开始感到恐慌和敬畏。也许佛教徒见到释迦牟尼真身时就是这种心情。

我诚惶诚恐地登上了小岛，目不敢斜视，腰不敢挺直，腿软得直想往下跪……那个人，一个裸体上裹着破烂船帆、

给人性一个答案

60多岁模样的老人,则不顾一切地滚下岩石,跌跌撞撞地向我奔来,一边喊着:"好心的人哪,多谢你来救我!"

我魂飞魄散:"你是、你是……"

他已扑到了我面前,热泪盈眶的:"我是陆地上的渔民哪!"

他的话像一把锤子,一下子就把我的恐惧和敬畏砸得粉碎:"你怎么一个人在这里?"

"前天下午,一场风暴掀翻了船,同船的三个人就剩我一个了!——先给点儿吃的吧,我已经饿两天了!"他诉说着,老泪纵横的。

真令人沮丧令人失望!看来,我这半天是犯病了!可是,前天下午我在欣赏云山,哪有风暴?"前天下午什么时候?"

"太阳入海前。"

太阳入海前?那不正是我如痴如迷地欣赏云山、魂悸魄动地仰望云山的时候吗?如此说来,那座恢弘壮丽的云山,竟是一场悲剧的根源!

颓然返回陆地。当我走进客房,发现服务小姐正在"云山"近前仔细欣赏时,我心中的懊丧马上就被复苏的兴奋取代了——我毕竟在海边完成了一幅完美的油画呀!作为第一个观众的服务小姐一定会惊叹不已的。

我问她印象如何时,她却是一副难以启齿的样子,过了好半天才说:"不中看……画面上怎么到处都是坑坑洼洼的!"

我恨不得扑上去掐住她的脖子!掐、掐、掐,掐得她当即翻白眼才好!

——蠢货,油画要从远处看!

社会万花筒之中国微小说系列丛书

延安旧事

那是支挥洒着磅礴气势、辉煌哲思的笔,忽如瑞鹤乘风,忽如游龙入海,写完了《沁园春·雪》,写完了《实践论》《矛盾论》。然而同是那么一支笔,这天却变得艰涩了,如同沉重的犁铧,走走停停,艰难地在油灯下苦耕——那支笔是在苦耕一块板结了几千年的刑不上大夫的僵土,更是在辗压一片连触及都不忍的感情。

当笔杆颤落了一天星斗,当油灯舔着了东方云霞,一封短信总算写完,末尾是一个苍劲有力的签名,和一个不能忘记的沉重日子:1937年10月10日。

短信在当天上午转到了陕甘宁边区高等法院。法院正在陕北公学操场公审黄克功。

黄克功当时任延安抗日军政大学第六队队长,因失恋开枪打死了陕北公学女生刘茜。

黄克功可以算是红军最早的"红小鬼"了。他没枪高时

给人性一个答案

就参加红军，跟随他，饮弹井冈诸峰，浴血中央苏区，九死一生走过雪山草地，是身经百战的勇将。

参加公审大会的有一万多延安军民。法官、起诉人、辩护人还有观审人……在会场上展开了激烈的争辩——

杀人者偿命！功勋不能抵消罪恶，地位不是赦免死罪的理由！法律面前人人平等，必须判处黄克功死刑！这是法官、起诉人的意见。

一个黄毛丫头的命，怎能与一个革命功臣、革命将领的命一般分量？他伤害了一条生命，可他曾经拯救过多少民众的生命？日寇侵我中华，大敌当前，中华民族对一员战将的需要，难道不足以超越"杀人偿命"的原则吗？这是辩护人和大多数观审人的意见。

公审争执不休，相持不下。

面对法官，面对民众，昂首挺胸的黄克功眼睛湿润了。他请求法庭对自己执行死刑；但，他希望给他一挺机关枪，由执法队督押上战场，他要在对日作战中战死！

黄克功的请求，使法官和起诉人哑口无言。

天高云淡，寒风送雁。万人公审会场一片静穆。

就在这时候，他的亲笔信送到了法庭。法官当众宣读：

黄克功过去的斗争历史是光荣的，……如为赦免，便无以教育党，无以教育红军，无以教育革命者，并无以教育每一个普通的人……

念完这封信,法庭当众宣布:判处黄克功死刑,立即执行!

听完宣判的黄克功向法官立正、敬礼——他抬起胳膊时意识到没戴军帽,便就势振臂高呼——

他的党,万岁!
他的领袖,万岁!

然后,他迈开大步走向刑场,如同满怀豪情地去执行一项任务……

延安的老百姓不懂什么叫作"法律",不懂什么叫作"明镜高悬",但他们会用粗犷的信天游的旋律,唱《东方红》,唱《解放区的天是晴朗的天》,唱得"泪飞顿作倾盆雨"……

据说他一生只流过两次泪,一次是为他牺牲在朝鲜的儿子流的,另一次是在处决黄克功的枪声响起的时候流的。

他反复嘱咐:一定要为黄克功买口上好的棺材。

给人性一个答案

一尊神的来世今生

人们从乱石堆中捡了几块阚大兴的碎肉,埋在山神庙旁,立了块搓板大的碑。碑文是:"死去何所道,托体同山阿"。

阚大兴粉身碎骨前是最能争强斗狠的。同人下棋,赢了他乐得就地翻跟头,输了则死活缠住对手不放。对手上厕所他跟进厕所,把棋盘摆在粪池边;对手吃饭他跟进饭堂,把棋盘摆到饭桌上,不赢一盘绝不罢休。一次有人看了他未婚妻的照片,说不咋漂亮。他顿时火冒三丈,一拳打破了人家鼻子,并把照片贴在饭堂里,让众工友吃饭时做公正评价。

阚大兴栽在一泡尿上。他所在的隧道工程队刚迁到山神庙隧道工地时,一帮工友借闲暇去逛山神庙。偌大个世界,哪儿不能种"狗尿苔"?可阚大兴这憨货偏偏对准山神塑像的肚皮撒了泡憋尿,还是鼓足了劲儿仰射的。

隧道开挖后塌方不断,按常理儿根本不该塌方的地方也塌得一塌糊涂。原因找不到,人们就咬牙切齿地骂阚大兴——这一带山民都说:山神灵得很,本来打隧道他老人家就不乐意,又被阚大兴浇了一身臊尿,山神还有不发怒的?塌方死伤了十几个人,使"穿山甲"们个个心惊肉跳,人人畏洞如虎。工程不得不停工,而上边却催得火急:铁路全线贯通就等这个隧道了!

派谁进洞?张三喊肚子疼,李四说重感冒。人们都拿眼恶狠狠地盯着阚大兴。那意思是说:闯下祸的人才该进洞!阚大兴被盯毛了,一拍屁股吼起来:"老子就不信这邪!"他独自进了洞,打完隧道最后一排炮眼,装完炸药,可还没等他撤出,就被塌方砸得头破血流,被人们抬进了医院。

这一排炮放过,估计隧道该通了。谁知道六炮只响了五炮,哑炮又卡住了整个工程的脖子!谁敢玩命去排哑炮?工程再度停工,等那哑炮自己"觉悟"。

上级的上级急得跳脚,亲自给工地打来电话:谁能排除哑炮,奖金一万元!

送了小命,奖座金山又有屁用?一百多个脑袋摇成了拨浪鼓。上级的上级又来电话:给解决全家"农转非"户口!

在当时那年代,把农村户口转到城市比登天还难。这个奖赏让工程队的汉子们直咽口水:大家都是家在农村的"半边户",让爹娘老婆吃上皇粮是汉子们只有做梦时才敢想的事。遇到这么个机会,谁都恨不得振臂一呼冲进洞去,可一看到那龇牙咧嘴的洞口,又使人人毛发直竖、头皮发麻。欲望和恐惧把汉子们折磨得都脸青眼直嘴唇紫。该怪谁怨谁痛

给人性一个答案

恨谁？当然是阚大兴那憨货！他若不装哑炮，哪引得出这等揪心烦心、欲咽不敢欲吐不忍的事？

最终还是没人甘愿"为家捐躯"。工地上一片叹息一片责骂。正在这时，阚大兴裹着一头纱布回来取衣服。他听到责骂后纱布上顿时浸出血来："屁话！我阚大兴装的炮还能哑？"说着膀子一横又进了洞。

这样一来大家的肠子顿时都悔青了：哑炮哑五天了，早不响晚不响，偏偏人进去就响吗？说不定早成死炮了！——便宜竟让阚大兴抢了！有人甚至怀疑这哑炮恐怕是阚大兴有意设置的，蓄谋已久啊！

"狗日的！"汉子们都恶狠狠地骂，又甩手又跺脚。

不知真是山神显灵还是"千夫所指"的结果，反正阚大兴进洞没多久，哑炮就山摇地动地响了……

阚大兴为自己而死，轻如鸿毛。但他的死使隧道透亮了，又是有功的，所以为他立了碑，所以有"死去何所道"的碑文。

上级说话算数，马上给阚大兴全家解决"农转非"户口。但办手续翻档案时才发现：他竟然父母双亡、无兄无弟，只有未婚妻还在农村，便派人去报丧并办转户口手续。带回来的消息却是：未婚妻嫌阚大兴打山洞没出息，半年前就成了他人之妻！

"阚大兴，你个憨货！"汉子们仍是骂他，但都流泪了。

大家要求给他换块大墓碑，碑文也必须重换。汉子们一人想一条，最后选定了李白《蜀道难》中的句子："地崩山摧壮士死,然后天梯石栈相钩连"。

汉子们集体去换了墓碑,之后站在墓碑前。看着空山寂寂,荒草凄凄;天风荡荡,大野茫茫,汉子们心境又复凄凉起来,觉着李白的千古绝唱也黯然失色,没劲儿——工程队一转移就把阚大兴留在这儿了,不过三两年,墓碑被荒草埋没了,谁还找得到?于是,他们又将碑文换成了陶渊明的诗句:"死去何所道,托体同山阿。"

返回经过山神庙时,百多条汉子牙关都咬紧了,说不清道不明的新仇旧恨呼啦啦涌上心头,齐发一声喊冲进庙去,霎时把山神塑像给砸了个稀巴烂。

事后,山民们说这尊山神护佑一方已四万八千年,如今被砸了那哪成?把工程队围了个水泄不通。工程队谎称山神是被落地雷震垮的——砸山神塑像后,确实曾雷雨突降。汉子们还辩称:山神老人家护佑一方四万八千年,功德无量,该换金身、再享四万八千岁香火呀!这是天意……

被迫重塑山神金身时,汉子们你一把泥他一把浆地糊,有心没意的,重塑的山神竟是阚大兴的模样!

山民还是不依,说塑的不是山神模样。汉子们解释说老人家来世今生相貌自然有异,但实为同一尊神;老人家涅槃重生,能耐肯定大多了!不信试试看,三两年便有应验!

铁路通了,山乡富了。山民们对这尊山神的涅槃重生、神勇灵验确信不移,自此天天有人到神像前朝拜,香火不绝。

给人性一个答案

植根于碗中的命运

老大是翠花大儿子的小名。他原来是村里的一把手,升任乡政府二把手后,却硬是觉得日子难熬:在村里当一把手,要风得风要雨得雨,说一不二;这当了二把手,伸胳膊抬腿都感到受约束、眨眼打哈欠都感到不自在!为取代一把手的位置,他雇杀手行凶……东窗事发,老大被判无期徒刑!

荣耀之舟倾覆,六十岁的翠花转眼跌进了耻辱、痛苦的沼泽。

她把希望寄托到了二儿子也就是老二身上。

老二被村邻们的白眼逼到外乡谋生去了。孤独的翠花天天盼、夜夜盼,盼着老二在外乡混出个模样,有朝一日衣锦还乡。

但她却盼到了一声晴天霹雳:老二在外地抢劫杀人,被判了死刑!

"我的儿,你为什么会走到这一步啊?"翠花哭着嚎着,直到昏死过去。苏醒过来后,她苦撑苦捱着,去探望自己的死囚儿子。

老二隔着铁窗回答了她的问话:"妈呀,小时候,你不该只让我哥用大碗哪!"

大碗?从老大出事以来,"大碗"始终漂浮在她淌血的记忆里,始终漂浮在她难言的迷惑中——

老大也曾隔着铁窗,对她提到过大碗:"妈呀,小时候,你不该只让我用大碗哪!"

这一带早些年太穷,家家食不果腹。因此,每个农家都有一个大碗,专给吃苦受累最多的家庭"顶梁柱"用。翠花的丈夫病逝后,她就让正上小学的老大用大碗吃饭。因为老大读书之余,还要帮着她下田劳作和干家务。用小碗的老二总是肚子还远没吃饱,锅已经见底了,而大碗里往往还有饭。老二因此经常发泄不满,翠花就开导老二:"老大当然就该用大碗,就该多吃多占点儿!"

老大也理直气壮:"谁让你是老二?老二就该用小碗!就该少吃点儿!"

脱掉开裆裤不久的老二没有用大碗的资格,就挖空心思使歪招,常乘人不备抢大碗里的饭,挖一勺便鼠窜逃开……

曾让老大用大碗不假,可翠花不知道自己错在哪里。

早年丧夫,翠花后半生只能依靠两个儿子。然而靠山山崩,靠水水流。翠花就在心里问:这"山崩""水流",难道起因是缘于我?

给人性一个答案

所有的希望和幻想都破灭了，翠花不想活了。她打算为老二收尸后，自己就抱块石头跳河去。

就在翠花万念俱灰的时候，一天家里来了个小伙子。小伙子问准翠花的姓氏后，"扑通"一声跪下："妈，我是你的老三哪！"

"老三？""老三"勾起了翠花尘封的记忆：她生下第三个儿子不久丈夫就病逝了。家贫如洗，翠花怕养不活三个儿子，狠了狠心，把襁褓中的老三丢弃在村外，旁边压的张纸条上，留有翠花的住址和姓名。二三十年过去杳无音信，翠花以为"老三"早不在人世了。

杳无音信的原因，是收养老三的外乡人家，始终不让他知道自己的身世。但纸里包不住火，风言风语听多了，老三相信自己另有生身父母，读完博士研究生后，向养母讨到了生母的住址姓氏，找上门来认亲……

阔别的母子抱头哭过，相互擦干泪痕。翠花转眼又是一阵泪雨，哭诉老大、老二的遭遇，说："我去看望他们，他们却都怪我，说小时候，不该只让老大用大碗。"

大碗怎么了？老三说养父养母家也是三个孩子，养父死后，大碗却没固定给家里的老大用，而是谁的学习成绩好、谁帮母亲干的活多，大碗就轮给谁用："现在的姐弟三人，大姐是工程师，二姐大学毕业后留校任教，我是老三……"

黑暗中的"甲虫"

睡梦中的奇奇被噩梦惊醒了。余悸尚在,而梦境却在他惊醒那一刻砰然粉碎。

如同摔碎了快递包裹中的玻璃花瓶,只能见到花瓶的碎片,却不知道花瓶原本的形状了。他躺在床上搜集并试图拼接那些碎片。最终拼接成的不是梦境,而是一个结论:自己当天会遇到一件倒霉事,摆平这件事情要花掉一笔钱!

这件倒霉事会是什么呢?奇奇觉得它如同秋夜旷野里飞翔的一只甲虫:黑暗中,能够听到它扇动翅膀的嗡嗡声,却看不到它的模样——在这世界上,人眼看不到的东西多了,但看不到并不等于这种东西不存在。

早饭后正好7点半,奇奇准点儿下楼去上班。到小区门口时,经常一道上下班的同事大胡骑自行车经过,喊他一起走。可就在这时,那只"甲虫"又在奇奇心里嗡嗡;因为"甲虫"的嗡嗡,预感强烈地提醒他:当天是必须要花一笔钱的！奇奇犹豫了一下，后来还是打发大胡先走一步，自己返回十楼家中取钱。昨晚才拿回家的600元奖金压在枕头下面，他把这钱装进衣兜才又下楼，骑车去追赶大胡。

朝阳、川流不息的人流车流、熟悉的城市的喧嚣，屏蔽了"甲虫"的嗡嗡声。现实世界又使奇奇对回想不起来的梦境，对似有却无的"甲虫"，还有为摆平倒霉事带钱上路的做法感到好笑了：这个平平常常的日子会有什么倒霉事发生？扯淡扯淡……正在这时，旁边一个胡同里突然蹿出个孩子，奇奇猝不及防，从侧面将对方撞倒在地！

孩子妈妈扑上来揪住奇奇不放，一定要他带孩子到医院检查处置。奇奇只得认倒霉，送孩子到医院检查治疗。

迟到是肯定的了。趁孩子拍X光的时间，奇奇打电话向单位领导请假；领导要他尽快把事情处理完就赶去上班，同时又问大胡是否也在医院帮忙处置……

孩子仅受了点儿皮外伤，经包扎处置后就没事了。奇奇付钱结了医疗费——正好600元！

这时的奇奇突然感到脊背有些发凉：如果我当时随大胡一起上路，哪会有这倒霉事？难道……

那只"甲虫"的嗡嗡声又骤然在奇奇心里响起。这次不但是嗡嗡声，他似乎还看到了"甲虫"的影子，但很模糊、很朦胧，似是而非、飘忽不定。他猛然联想到了"庄周梦蝶"的故事——是庄周梦中变成了蝴蝶，还是蝴蝶梦中变成了庄周？蝴蝶是庄周的"物我"在本然层次上的"物化"，还是庄周通过梦境进入另外一个时空而化蝶？那么我的梦……

陷入迷惑的奇奇重新骑自行车上路。横穿闹市区后过一条河才能到达单位。这条河很宽，原来奇奇和大胡上下班都从一号桥上过，近来一号桥封闭维修，过往行人要么轮渡，要么绕远经由二号桥。一号桥的停用使轮渡人数暴增，正规的轮渡船不够用，一些小渔船趁机挤进来低价揽客。奇奇和大胡不愿绕远又不愿多花钱，自一号桥封闭后，他们就一直乘小渔船过河。

奇奇来到渡口时，轮渡业务却暂停，在调查事故：早上快8点时，载客的一条小渔船意外翻船，多人溺亡。遇难者尸首已打捞上来了，有人在围观、辨认尸首。奇奇也挤过去看——遇难者中竟然有大胡！

奇奇再次感到脊背发凉。而那只"甲虫"，这时突然现出了原形，梦境也清晰地在他脑海中浮现出来，电影似的回放起来……

是现实再现了梦境，还是梦境预演了现实？事后，奇奇经常这样自问。

给人性一个答案

煤矿主老黑看上了个小娘们儿，纠缠两年没弄到手，小娘们儿却跟山里一个教书的成家过日子去了。一条腿在黑道上的老黑怄不过，拿出半斤"五十铃"作定金，请威震一方的独眼狼去给自己出这口气，杀掉她。独眼狼从15岁起就凭刀子在世上混，进出"宫"三次，累计"宫"龄达二十年。与众不同的经历使他有了与众不同的独眼珠子：抬起眼皮，世间万物都是灰色的，人人都是龇牙咧嘴的或皮笑肉不笑的，只有钱闪着亮。光棍一条的，只要有酒有肉有钱花，干啥活儿都行。

独眼狼约上老搭档刀疤脸上路了。该打听的已经打听得一清二楚：学校放了寒假，只有那对小夫妻住在山窝的学校里看守。如此看来这活儿不费事，掐死往山沟里一扔，造个自己失足丧命的现场就得了。

风裹着雪花在天地间打旋儿。他们冻得缩着脖子，一路野笑着谈说舞场赌场女人大腿之类。步行了十几里。再过一条结了冰的河就是那所学校了,可没想到踩着冰过河时他们跌进了冰窟窿。他们猴蹿狗跳地爬上岸后衣服全湿了,并且很快就冻成冰块,烙铁似的烙人。前不着村后不着店的,他们只得没命地朝学校跑。到了学校门口,独眼狼正不知该敲门该撬门还是该砸门时,一个小娘们儿开门出来,惊叫:"你们这是……快进来快进来!"他们随小娘们儿进了一间炉火正旺的小屋。"你们先烤烤火,我给你们熬姜汤、我给你们找衣服换……"

滚烫的姜汤下了肚,又换上了小娘们儿男人的贴身衣服,独眼狼半僵硬的身子和脑袋渐渐恢复过来了。恢复过来后他突然发现自己的眼睛出了毛病:面前的炉火竟是红的!为他烤衣服的小娘们儿竟不是龇牙咧嘴、皮笑肉不笑的!她嘴唇又薄又小,像两片花瓣;脖颈又白又细,像一段葱白。她脸上总带着笑,那笑是从两个酒窝里旋出来的,是从黑亮的眸子里溢出来的,如同初阳的光辉,圣洁、温存……他奶奶的,世上竟然有如此中看的娘们儿!

小娘们儿说天色已晚,一定要留他们这两个"过路客"吃了晚饭明天再走;说自己男人去给学生补功课了,夜里回不来,空荡荡的校园里没个伴儿害怕。刀疤脸丢给独眼狼个得意的眼色,那意思是说:晚上可以顺顺当当地把活儿做了!这个眼色使独眼狼猛然清醒过来,想起了要做的活计。可不知为什么,他心里猛地蹿出了几分慌乱。

晚饭有酒有肉。饭后小娘们儿安排他们到学校院后边的

给人性一个答案

一间屋子里睡。躺在床上,独眼狼心里乱得难以收拾:忍不住总是想那通红的炉火,想炉火映照下女人那圣洁、温存的笑。——老这样胡思乱想下去,心软了手软了,活儿还怎么干?他就迫使自己去想那半斤"五十铃"。

睡在另一张床上的刀疤脸不知为什么长叹了一声。这声长叹把独眼狼的心捅得越发乱了,他扬起脖子恶狠狠地骂:"有心事你狗日的掏刀抹脖子去!"刀疤脸却不因挨骂而气恼:"这活儿你还干不干?"独眼狼气势汹汹地吼:"你、你想给老子拉稀下软蛋?"刀疤脸不答话,却突然爆发出不间断的狂笑。独眼狼被笑得心慌,也笑,而且笑得更响更狠。他要用这种笑来证明自己的凶狠残暴,证明自己是闯荡江湖几十年没拉过稀的汉子!刀疤脸却不笑了:"不杀只抢怎么样?"独眼狼"呼"地掀被子跳下床:"老子撕了你?"刀疤脸不理睬他的虚张声势,继续说:"这样做既对得起那女人也对得起老黑。再说,我也下不去手。独眼狼犹豫了下,说:"就依你!"

女人的窗户还亮着。他们悄悄蹩到门前,但不知道怎么回事,独眼狼却感到腿肚子有点打战。刀疤脸抬腿做出准备踹门的架势,独眼狼突然说:"慢着。"此时,女人在里边说话了:"是过路的两个客人吗?"独眼狼觉得自己的心一下坠到了脚底。刀疤脸更不争气,已做好了准备逃跑的架势。他们说声"我们要赶夜路",就向学校门口鼠窜逃去。

两人一口气逃过冰河方停住脚。事情弄到这一步,真是令人难以置信!刀架在脖子上都没眨过眼的汉子、曾设想过如何吹着口哨上刑场的杀手，竟然被个弱不禁风的女人打败了！一种说不清道不明的懊丧和愤懑，在两人心里迸发出来，他们怒目相对扭打在一起。一直到精疲力竭，鼻青脸肿，两人才停下来，躺在地上呼呼喘气。

两天后独眼狼去向老黑交差。他把定金扔回去，然后操刀在手，说那女人是自己表姐："往后她少一根汗毛我就活剥了你。"

给人性一个答案

日氏家谱

华阳镇有一户世代单传、每代只生一男的人家。这家人不但续有完整的家谱,且每代人去世时都留一缕头发给后人。遗传学研究生A对此进行了三年的研究。研究表明:从这家始祖日五十起,至今繁衍7代,其遗传基因未发生任何变异。但"单传"原因难以确定。A求教于指导老师。

老师便翻阅A摘抄的"日氏家谱"及批注——

日五十及日姓起源。日五十本不姓日。清嘉庆年间白莲教作乱,川陕鄂匪徒如蚁。嘉庆皇帝发兵平乱,昭曰:杀匪一人,赏银三两!自此捷报频传。威勇侯额勒登保麾下健锐营中,有一游骑勇猛,一年中独自杀匪一万八,日均五十,且皆有斩获的首级为凭!嘉庆皇帝夸赞不已,却记不住那游骑姓名,屡称其为"日五十"。额勒登保为激励下属,布告全军曰:皇上赐封该游骑姓日名五十。那游骑荣耀无比,自此改了姓氏,成为日姓始祖。

社会万花筒之中国微小说系列丛书

　　日五十生于乾隆三十四年（公元1770年），25岁从军，因杀匪功高，32岁升任健锐营翼长，是年负伤，痊愈后解甲，定居华阳镇，置房买地，妻妾家奴成群，尽享荣华富贵至寿终。日五十所得赏银除置房买地外，还兑换成金，铸金元宝十个，每个重二十两。至辛亥革命，兵变民乱，日氏家产被侵占抢掠殆尽，家境败落。唯十个金元宝未失，作为传家之宝。

　　注：日五十斩获的首级，十有八九是安分百姓的。他砍杀百姓不分男女老幼，上峰对此虽有觉察，但清点首级时并不说破更不制止。日十五图银子致富，上峰图战功升官，有共同利益。

　　日柱子，日五十第5代孙，生于1920年，务农终生。解放后土改定为贫农成分，分得房屋土地。日柱子感谢政府，1950年主动献出祖传金元宝十个，获县政府颁发的"大公无私"锦旗一面。1958年日柱子砸了自家的铁锅支持"大炼钢铁"，第一个带领全家吃集体食堂大锅饭，又获"人民公社好社员"锦旗一面。1961年灾荒断粮，只有寻野菜树皮充饥，日柱子病饿而死，临死前嘱咐妻子："咱家门前的榆树是公共财产，就是饿死，那树皮咱也不能剥。"

　　日解放，日五十第6代孙，生于1948年，1966年高中毕业回乡务农。日解放是大家公认的学雷锋标兵，参加过省、地、县学雷锋积极分子英模事迹报告会，得各类奖状无数。"文革"开始后，日解放率先"斗私批修"，邀请革命小将到自己家开批斗会，口诛笔伐日五十等"封资修"孝子贤

给人性一个答案

孙。1975年，革命群众推荐日解放上"工农兵大学"，他坚决拒绝，表决心道："扎根农村干革命，定让全球一片红；广阔天地发誓言，早日埋葬帝修反！"1988年，日解放为救落水儿童，献出了年仅40岁的生命。

日万金，日五十第7代孙，生于1971年，原名日红卫，1990年改为现名。当年中专毕业，被安排在镇政府办公室任秘书，后升任办公室主任。1997年因索贿20万被判刑3年。刑满释放后，日万金先后开办了专印假冒伪劣产品商标的印刷厂、专门出售注水猪肉的屠宰场、以假种子坑农的良种场、以工业酒精为原料的酿酒厂等个体企业。日万金的做法不但受到市县镇政府层层保护，他个人还多次获得"著名优秀企业家"称号，顶着这"委员"那"代表"一大串头衔。

注：日万金办企业启动资金的来源：他带一聋哑老乞丐到医院，谎称老乞丐为母，出售其肾，得款10万。日万金制售假酒造成多人死亡，东窗事发，2003年被判处死刑。此时他个人存款已过千万……

指导老师看过上述资料拍案叫好，要A改从社会学角度研究"日氏"现象：为何遗传基因未变异，而每代人的秉性表现却有天壤之别？"上述资料已把结论告诉了你——人的秉性原本没有形状，如水；若说水有形状，那么水的形状就是装它的容器的形状。"

社会万花筒之中国微小说系列丛书

七夕放河灯

蜿蜒的汉江像条藤，它从莽莽苍苍的大山里爬出来，一左一右结了两个被芦苇掩起来的渔村，一个叫裴家湾，一个叫佘家湾。

这一带自古有"汉江连天河"之说：每到七夕，从隔江相望的两个渔村看天河，两端正好与汉江相连，难分星星，难辨渔火，天上人间就有了一条渔火夹杂着繁星、繁星夹杂着渔火的贯通的河。这里的人家七夕都要放河灯，人们说河灯会漂到天上，给隔河相守的牛郎织女渡河用。

翠子小时候最快活的时光莫过于七夕。那时光，满世界都是星星渔火，满世界都是歌声笑声。翠子长大了，嫁给了佘家湾的渔家汉子大顺。成亲那天夜里，拜完天地进了洞房，大顺见翠子哭得像个泪人，顿时慌张得直往后退："我知道，你不喜欢……"

翠子止住哭，扯掉盖头一抹泪说："谁说不喜欢？喜欢才哭！"

婚后，白天她随大顺去打鱼撒网，网朝霞网落日，网肥美的汉江鱼；晚上她总是绣花绣朵地扎制河灯，扎完又拆，拆完又扎。大顺总嘻嘻笑着当帮手，找些话说："你好精心！"

"听说织女也姓钱，该是我的本家姐姐呢！能不精心？"

他们的日子里不缺少温存也不缺少欢笑。

到了七夕，翠子要单独去放河灯，说是为同姓的织女姐姐放河灯不该有别人在场。她捧河灯跳上渔舟，匆匆解开缆，一摇橹，欸乃一声荡向江心。

其实，翠子这是去还愿、去寻梦——

她心里藏着一个人，儿时同她一起扎河灯的人。那是裴家湾的河生。一道扎河灯时河生说："咱们长大也做牛郎织女吧？"

"一年才见一次面，不把人想死了？"

"那……咱们将来永世住在一起！"

"对！做一家人！"

后来懂事了，这话谁也不说了，却在心里扎根了。长大成人了，这意思也在心里长高了，从嘴里长出来了。但双方父母都反对，原因有一万条都不算，要紧的是两家的姓：合起来是"赔钱"！裴钱两姓是自古不通婚的。父母把翠子许给了姓佘的大顺。"佘"字作为姓在这一带念"赚"的音。翠子听话，不听话父母要跳江的。

当新娘的前一天夜里,在裴家湾旁的芦苇丛里——

"河生哥,你不原谅我?"女人的眼泪滴落两颗星星。

回答她的只有芦苇的沙沙。

翠子的心终于被憋破了:"要不,要不我今夜先跟你……"

河生惊退了一步:"你、你这是……"

"你要是看不起我,我这就一头扎江里去!"

河生忙搂紧她:"到今年放河灯时好吧?每年的放河灯时好吧?"

……翠子的渔舟钻进了那片芦苇。在这汉江与天河相通的时候,在那只有芦苇沙沙低诉的地方,天地默许他们做了不是夫妻就不能做的事情。

回到家,虽然翠子给了自己男人最多的温存,但愧疚像条鱼,仍不时泼响着从心里跃起来。

这是翠子婚后的第一个七夕。

七夕到下一个七夕好漫长!白天,翠子随大顺去打鱼撒网,网朝霞网落日,网肥美的汉江鱼;晚上,她总是绣花绣朵地扎制河灯……他们的日子里仍不缺少温存也不缺少欢笑。

一晃就是婚后的第四年,又快该放河灯了,而翠子跌坏的胳膊正吊在胸前。大顺天天为她熬草药:"多喝点儿,说不定到时还能摇橹去放河灯。"

"不到江心放河灯,总觉得对不住我的本家姐姐。"

尽管天天喝草药,到七夕,翠子的胳膊还是吊在胸前,急得哭肿了眼。蝙蝠的翅膀把晚霞扇灭了,柔柔的夜风把渔火和星星点亮了,是放河灯的时候了!翠子两眼发直,依门喃喃:"今年,怕是放不成河灯了……"

大顺憋粗了脖子,终于喘出一句话:"要不……我送你。"

"不!"翠子惊得一脸煞白,"今年不放了。"

大顺满脸流汗,突然背起翠子一路奔上渔舟,一摇橹,箭一般射向江心。翠子早成了一截木桩……

江心放了河灯渔舟并没掉头,却一直向前摇,摇进了那片芦苇丛中。大顺摔下橹,转身蹲下去,随着一声长叹,拳头擂在了自己脑门上,挥手道:"去吧,去吧。"

翠子连呼吸都停止了。渔舟在一片死静中颤抖。死静中,骤然响起了翠子撼天动地的啼哭:"不!我们一起去!"

大顺搀着扶着翠子,翠子依着引着大顺走下了渔舟。在这汉江与天河相通的时候,在那只有芦苇沙沙低诉的地方,两个男人和一个女人对视了许久许久。大顺松开牙关就要走,却又猛然折回来,一拳砸到了河生脸上。"罢罢罢!——本该是你们一起过日子的。"

河生却走在前头:"我该死……"话没说完,人已消失在凄迷的芦苇丛中了。

第五年的日子里有了沉默有了阴忧。虽然白日里有了更多的欢笑和网一起撒出去一起收起来,夜间有了更多的温存和被子一起掩起来一起掀开去,但翠子脸上的凄惶是欢笑擦不掉、温存淹不死的。

又该放河灯了!翠子脸上的凄惶越发重,大顺的脖子憋得和头一般粗了才说:"要不,还是我送你?"

翠子一头扎进了男人江一样宽阔的怀里。

仍是大顺摇橹,仍一路摇进了那片沙沙作响的芦苇丛中。而芦苇丛中只有一堆新坟……

这以后的七夕放河灯,成了夫妻俩一年中最要紧最隆重的事情。他们每次都要精心扎两只河灯,一只放在江心,一只放在江对岸芦苇丛中的那个坟上。他们在坟前摆三副碗筷、三个酒盅、一盘肥美的汉江鱼,然后双双正衣跪下,翠子啼一声:"河生哥,菜是我炒的……"

大顺啼一声:"好兄弟,一家人,喝几盅吧!"

给人性一个答案

栅栏之隔

百多年前,洋人就开始到中国投资办企业了。华阳镇第一个外资企业的老板叫杜拉克,他在华阳镇郊有一幢别墅。

这幢别墅与当地财主尤老爷的后花园只隔着一道栅栏。栅栏两边花草遍地、垂柳成荫,是个读书做学问的好去处。

杜拉克的儿子小杜拉克每年随母来华看望父亲时,总在栅栏那边读书。尤老爷家是书香门第,世代为官,小少爷尤鹏举常在栅栏这边读书。两个同岁的学童学习都十分勤奋,天刚亮就来到栅栏边,一个朗读"叽哩哇啦",一个朗读"之乎者也",没人来喊连饭都不知道吃。

九岁那年,他们隔着栅栏进行了第一次交谈。

尤鹏举忽闪着黑眼睛,好奇地问:"你,你的鼻子怎么总肿着?肿的好高啊!"

小杜拉克受父母熏陶,不但听得懂而且还会说几句华语:"NO! NO! 我的鼻子没有肿,是天生的。"

"天生的？那么大一团肉吊在脸面前，不难受吗？走路不打前栽吗？"

小杜拉克笑得前仰后合："我生来就是这样的鼻子，习以为常了，怎么会难受呢？怎么会打前栽呢？"

笑过，小杜拉克闪动着蓝眼睛，好奇地问："你后脑勺上怎么生着条尾巴呢？"

"不！这不是尾巴，是辫子！"

"辫子？是天生的吗？"

"哪是天生的！蓄的——我爹说，凡大清子民从小都必须蓄发留辫子。"

"后脑勺总拖着那么条大辫子，不难受吗？走路不朝后坐吗？"

尤鹏举笑得前仰后合："我生下来就蓄发留辫子，习以为常了，怎么会难受呢？怎么会朝后坐呢？"

问过答完笑罢，两个学童就各自读各自的书，或"叽哩哇啦"或"之乎者也"。但读着读着都走了神，都觉得对方很笨很笨——

好端端的鼻子他说是肿了！

明明是条辫子他说是尾巴！

人笨到这份上，还有必要读书吗？这么笨的人读书有什么用？

尤鹏举就隔着栅栏先发问："你为什么要读书？"

"我爸爸说，书是知识的源泉，只有刻苦读书才能掌握知识呀！"

"掌握知识干什么?"

"搞发明创造呀!"

"搞发明创造干什么?"

小杜拉克觉得对方的提问太可笑了,可是又难以用三五句话说清楚,就反问:"那么你为什么要读书?"

"我爹爹说,书中自有黄金屋,书中自有千钟粟,书中自有颜如玉!"

"……什么意思?"

"连这道理都不懂?——读书能升官发财,还能娶到漂亮媳妇!"

小杜拉克憋不住突然捧腹大笑起来,笑得直喊肚子疼。

尤鹏举本来就认定小杜拉克笨得可怜,见他又如此无端地大笑傻笑,因此觉得这小洋人十分十分的可笑,就忍不住也捧腹大笑起来,笑得直喊肚子疼。

笑声撼得栅栏直摇晃。

后来他们都长大成人了,各自在各自国家谋事,就没有机会交谈了。小杜拉克曾托人给尤鹏举捎过一封信,信中说:"我如愿以偿,成为一名研究员……"

尤鹏举问捎信人:"研究员算几品官?"

捎信人解释说:"研究员不是官,是专门从事科学研究的。"

尤鹏举摇头叹道:"既然如此,何必当初?读书不做官,读书又有何用?废了废了!"

小杜拉克在试验室熬到秃了顶、驼了背,终于有伟大发明问世；死后墓前有碑，碑文为：人类进步之一阶。尤鹏举皇榜高中后封官授品，有了"黄金屋""千钟粟""颜如玉"，深宅大院里养得脑满肠肥；死后墓前也有碑，碑文为：显赫一世。

小杜拉克的墓碑至今还在，常有人吊唁；而尤鹏举的墓碑却在民国初年就被乱民砸了，很可惜。

不过尤鹏举是儿孙满堂的。

驴　缘

巴掌大的竹林镇，清康熙三年出了三个进士，分别是大甲、二乙、三丙。

这三人十年寒窗，三更灯火五更鸡，攻读诗书心无旁骛。如今高中进士，坐等皇上授官时，就不免想到娶妻成家了。

他们不约而同，都想到了花容月貌的方员外之女方小姐。

方员外四海为官一生，曾辅佐顺治皇帝多年，告老还乡后在竹林镇闲居。面对三个进士托人送来的彩礼，方员外沉吟再三，说要出个题目考考三个新科进士，考过再作定夺。

正琢磨考题时，管家禀报说府宅维修房舍需要几车石材，要安排人到一石场去运。方员外灵机一动，确定就以运石材为考题。

当时最先进的运输工具是毛驴拖的木板车。方员外招来大甲，客套话毕提出了"帮忙"的要求："我家赶车的师傅脚扭了，你今天能否帮忙去石场运一千斤石材过来？"

大甲为富家子弟，从没驾过驴车，但他还是硬着头皮，由管家陪同赶驴车上路了。

离开方家宅院后就是泥泞的乡间小道，两边全是绿油油的麦田。那毛驴见了嫩绿的麦苗就嘴馋了，止步去啃路边的麦苗。大甲便用鞭子抽打毛驴。那毛驴食欲正旺，挨了打不但不停嘴，反而拖着板车往麦田中间跑，边跑边吃。大甲急了，边追打边骂。

毛驴被打得在麦地里乱窜，同时扬起脖子叫唤，像是与大甲对骂。大甲火冒三丈，又挥鞭子追了上去。就在他追上毛驴，准备大打出手时，毛驴却先撅起后蹄儿，一蹄子踢在大甲腿上。

大甲倒在地上，疼得呼爹叫娘，被管家送回养伤。

第二天方员外招来二乙，提出了相同的要求。

二乙赶着驴车上路，那毛驴看到路两边绿油油的麦田，照例又止步去啃麦苗。二乙出身书香门第，是个温文尔雅的书呆子，他也不管毛驴是否听得懂人话，又是哄又是劝又是求。他一手轻轻拍打着毛驴屁股，一手牵着缰绳，哄着毛驴边吃边往前走，如此用了半天时间才来到了石材场。

所需石材装上车，往回走的路上毛驴旧病复发不算，还到路边的小水洼痛饮，根本就没有前行的意思。二乙见天色已晚，便求毛驴："你吃也吃了，喝也喝了，该好好干活了吧？"

可毛驴根本不听他这一套，继续吃喝。万般无奈时，二乙只得将毛驴拴到板车后面，自己拖车往回走。脚下是坑

给人性一个答案

坑洼洼的泥泞土路，车上装的是一千斤石材，二乙脖子伸得比鹅还长，每迈出一步都要使出吃奶的力气……走回方家宅院时，毛驴散步一般跟在后面，而二乙却累得一屁股坐到地上，连站起来的力气都没有了。

第三个运石材的是三丙。三丙出身农家，对驾驴车不陌生。他先到厨房拿了两棵小白菜，用绳子系上其中的一棵，拿棍子挑在毛驴前面，自己在板车上坐稳后一甩鞭子，毛驴便拉着板车上路了。

板车一上路，那棵用棍子挑在前面的白菜就开始晃悠。嘴馋的毛驴见鲜嫩可口的白菜就在眼前，伸出舌头几乎就能舔到，便伸长脖子撵着吃白菜；吃不到它就撒开四蹄，奋力去追，路两旁的麦苗连看都不看一眼。三丙坐在板车上哼着小调，只需"把方向管路线"也就是了。

如此一溜烟儿跑到了石材场，挑在板车前的那棵白菜，连一片叶子还没被吃掉。三丙便取下白菜赏给了毛驴。

运石料回返的路上，三丙又将另一棵白菜用绳子系到了毛驴面前……

管家将上述情况禀报后，方员外当即决定选三丙为婿。

方夫人不解："论家产，大甲家最富有；论长相，二乙最文静；三丙要家产没家产，要长相没长相，为何选他？"

方员外道："大甲只配出苦力，二乙是个讨饭的命，只有三丙是当官的料，一生必将大富大贵。"

"大甲、二乙饱读诗书，眼看就要外出做官了，你怎能说人家是出苦力、讨饭的命？"

55

"江山易改，本性难移。本性不改，他们读书再多在官场上也是站不住的。"

夫人仍不相信方员外的话："你敢断定三丙就一定会官运亨通、大富大贵？"

"老夫为官一生，看准的人绝对没错。"

夫人不再多言，依了方员外。

三个进士后来都做了知县。但不出五年，大甲治理的一方民反，被贬为庶民，凭一身力气打铁谋生；二乙治理的一方民乱，被摘了乌纱，最后沦落街头，乞讨度日；唯三丙政绩显赫，官至巡抚，大富大贵。

给人性一个答案

一种叫"愁"的病毒

瘸子李做的手工豆腐在小县城里名声赫赫，天天供不应求。两口子起初雇了几个打工的，其中一个是专磨豆子的。因为需求量太大，瘸子李把磨豆子的手摇小石磨改为大石磨。大石磨本需驴马拖拉，可驴马拖拉仍少不了人看管。驴马需吃草料，人需付工钱，瘸子李嫌花销大，就只雇一个强壮汉子，管吃管住，每月2000块工钱。

然而雇工来一个走一个，都是干不上一个月就叫吃不消。磨豆子要从天擦黑开始，不停地推着大石磨转到天微明，每天干10个小时的驴马活，谁受得了？

瘸子李在大山里有家亲戚，为其介绍了个脑子不够数的汉子，叫三瓜。三瓜是个四十多岁的光棍汉，在山里每天帮别人打短工混饭吃，房无片瓦，钱无分文，连饭碗都没有，到谁家干活就用谁家的。

瘸子李第一次见三瓜时两人谈条件，又奸又滑的瘸子李试

57

探着问：管吃管住没工钱，咋样？没想到三瓜竟一口应承了。瘸子李就慷慨表态：每天再加半斤猪头肉、半斤散装老白干。

三瓜在瘸子李这里一干就是半年，从不叫苦叫累，也从不提任何要求。他住在一间低矮、潮湿的库房里，地上铺几把稻草就是床；瘸子李家有条大狼狗，冬天铺狗窝的烂棉絮被那畜牲撕得不像样子了，就给三瓜当铺盖；每顿的饭菜都是瘸子李家里吃剩的，搅和进两个瓦盆，一盆归大狼狗，一盆归三瓜……但三瓜却过得极快活。他每天日出而息：先拉熄电灯——其实他睡觉的库房里没安电灯，但他知道电灯是一扯绳子就熄的，睡觉前总要假装着扯一下拉线开关，同时嘴里还有伴奏"咯叭儿"；然后就倒在地铺上吹口哨，吹着吹着便雷鸣电闪地扯起呼噜来。一觉醒来总是中午，三瓜便开始狼吞虎咽地吃饭，两斤米饭、或满或不满的一瓦盆剩菜转眼就吞吃干净；然后便到街道上溜达，或追看泼妇骂街，或围观艺人耍猢猴，或指导开裆裤们玩"老鳖大围窝"之类的游戏……看到开心处，他就又跳又叫，双手拍着屁股大笑。晚饭有"高能燃料"——半斤老白干，三瓜从不细品，脸冲着房顶一口气就干了；酒足饭饱后走进磨房，先以嘴代鼻，像驴子干活前那样，很响亮地打个响鼻，然后就开始推磨……

瘸子李夫妇对三瓜却也有不满意的地方。三瓜推磨，虽然撒的汗珠比磨的豆子还多，但他还总是要哼哼唧唧唱小曲儿，整夜不停。瘸子李夫妇晚饭后要算账要筹划，一天的收入支出了、王五赊账赵六欠钱了，如何对付地痞无赖敲竹杠了……忙完上床夜深人静的，听着三瓜那比猪哼哼还难听的小曲很难入睡。为这事瘸子李制止过三瓜，三瓜当时说不唱球了不唱球了，但过不了多久就又哼哼唧唧唱起来。

三瓜这样的打工仔实在难得，瘸子李夫妇不忍心因唱小曲辞他，认了。可夜里睡不着时总要议论几句。这天又是议论：

老婆说："这三瓜穷得吊蛋净光，哪来那么多快活？"

瘸子李说："真是的，我们光存款就有几百万，生意又红火，反倒总是愁，吃饭不香，睡觉不酣。"

"我看，三瓜生就的一个快活人。"

"不见得。"

"那就是三瓜脑子不够数，不知道什么是愁。"

"不见得。"

老婆说："不见得不见得——你应当想个办法，别让他夜里再哼哼唧唧了。"瘸子李琢磨了半天，说："明天夜里他就不会唱了，我有把握。"

第二天、第三天……夜里三瓜真的再不哼哼唧唧了！老婆惊奇地问瘸子李用的什么高招，瘸子李神秘兮兮地说："我往他脑瓜子里注入了一种病毒。"

其实，瘸子李不过是在要磨的豆子里埋了个塑料袋、袋里装有500块钱罢了。

三瓜不仅仅是夜里不再唱小曲了，白天也不再到街道上溜达了。他整天双手捧着脑袋坐在地铺上琢磨事：

这五百块钱，是主人搁错地方忘了吧？500块钱，够不够买床新被子……要是再有几个500块钱，能不能娶到个"二锅头"老婆？嘴斜眼歪点儿也没啥……

社会万花筒之中国微小说系列丛书

老式电话

民国初年，世道混乱。

乱世出盗贼，二龙山就出了一帮偷鸡摸狗的毛贼，头目叫黑三。

一天，黑三的爪牙独眼鼠从县城踩点儿回来报告：县长的官邸内有个宝贝。那宝贝很神奇，想要什么时对那宝贝说一声，所要的东西立马就到了面前！

黑三根本不相信世上有这种"随心想"的宝贝，骂独眼鼠是人嘴里面放狗屁。独眼鼠却发誓赌咒，说自己昨晚潜入县长房内，躲在房梁上观察了半夜，亲眼所见，亲耳所听，千真万确。

黑三将信将疑，要独眼鼠带路，到县长官邸见识见识那宝贝。

县长家眷尚未迁到，官邸只县长一人居住。入夜，黑三和独眼鼠潜入无人把守的官邸，躲在房梁上等候。没过好

给人性一个答案

久，醉醺醺的县长开门进来，点亮了蜡烛——当时这一带还没用上电灯。独眼鼠悄声告诉黑三："看，桌子上放的那个黑家伙，就是我说的宝贝。"

县长独自在房内哼了一阵小曲儿，然后一手按住那宝贝，一手摇动宝贝上的手柄，完了拿起宝贝上一个两头粗、中间细的物件，贴在脸上说："喂，上茶！"不一会儿，就有人送茶水进来。

县长喝了茶，又如法操持宝贝，说："喂，让怡红院的小翠香到我这里来！"不一会儿，一个涂脂抹粉的女人真的就扭着屁股进来了……

黑三眼睛都看直了，在心说：老子以为"随心想"是神话故事里才有的，想不到世上真有这等宝贝！

待县长酣然入睡后，黑三便和独眼鼠溜下房梁，盗得宝贝，搂在怀里逃出门去。

黑三欢天喜地地回到二龙山下，在自己的破草房里，摆出被他称作"随心想"的宝贝，眉飞色舞地对一帮毛贼说："从今往后，咱弟兄们就用不着干偷鸡摸狗的营生了！需要山珍海味需要银圆珠宝，对着宝贝说一声，就他娘的什么都有了！"

有同伙不信，黑三便演试，仿照县长的方法，先哼了一阵小曲儿，然后一手按住那宝贝，一手摇动宝贝上的手柄，完了拿起宝贝上一个两头粗、中间细的物件，贴在脸上说："喂，上茶！"可是等了半天并没有人上茶。

黑三又说要女人。可过了半天还是不见任何动静！

61

黑三很是纳闷,问独眼鼠这是咋回事。平日足智多谋的独眼鼠"霍霍霍"地狠抓头皮,抓得头皮流血时才有话:"说不定是咱不晓得使用这宝贝的秘诀。"

黑三回想自己听过的神话故事,觉得独眼鼠的话有道理:大凡世上的宝贝,使用时都是需要念一道秘诀的。

他再次亲自下山,去向县长讨秘诀。月黑风高,黑三潜进县长官邸,拿刀子顶着县长胸口,逼他说出使用宝贝的秘诀。

"你是说……被你们盗去的……电话?"县长尿都吓出来了。

"什么鸟点、点化?——反正老子先借去用用,你狗日的快把秘诀交代出来!"

县长说实在没有什么秘诀,摇了手柄,对着听筒说话就是了。

县长说的是实话:黑三所盗的不过是一部老式电话机而已。那老式电话无拨号功能,由呼叫方摇了手柄,接线员接听后再转接到受话方。

少见识的黑三却认定县长是要滑蒙人,继续逼他,手上多使了点劲,不料刀子就捅进县长胸口里面去了;急忙拔刀子出来,县长已是出气多进气少,说不出话来,转眼工夫就咽气了。

人一死,秘诀也就没指望了。黑三肠子都悔青了,狠狠甩了自己一个嘴巴。可他还是不死心,回到自己的破草房里百般拨弄、千呼万唤,反复折腾了一天一夜,硬是不见动静！黑三叹道："没有秘诀，好端端的宝贝算是废了！"

县长被杀，官府肯定是要追查的。为躲避杀身之祸，黑三一不作二不休，干脆带领独眼鼠等同伙上山为匪了。"随心想"也被他一脚踢下了山崖。

当时战乱不断，民不聊生，因此有饥民源源不断汇入黑三的山寨。一晃十年过去，黑三的势力越来越大，匪帮竟然扩充到几百人枪，称霸一方。官府无力剿灭这帮悍匪，只好招安，让黑三换装出山，就任县保安司令。

上任不久，秘书给他的官邸内装了一部老式电话，同原来县长用的那个宝贝一模一样。黑三说："这物件老子早见识过，名叫'随心想'，但没有秘诀不灵。"

秘书笑起来，说这叫电话，根本用不着秘诀，并要当面演试给他看。黑三就说自己要喝茶。秘书拿起电话说："喂，给司令上茶。"转眼间，茶送到。

黑三乐得一蹦三尺高，亲自试用："喂，把怡红院最俏的姑娘给老子带来！"

没好长时间，怡红院最俏的姑娘真的就扭着屁股来了！

黑三把大光脑袋拍得啪啪响，一边嚷："真他娘的怪了！一模一样的宝贝，老子当毛贼时使用不灵，这进城当了官儿它为什么就灵了？"

社会万花筒之中国微小说系列丛书

借　条

　　1946年夏秋之交，解放军中原军区部队从宣化店突围。几十个伤员与大部队失去了联系，被国民党军队围追堵截，断粮数日。一天深夜到了后山村。护送伤员的连长向大庚借粮食。大庚只有一亩兔子不拉屎的山地，夏季遭灾，收的麦子就要吃完了，而当时离秋收还早，哪有粮食？再说，新婚不久的媳妇已怀了孩子，自己还在为缺粮发愁呢！不满20岁的大庚天生心肠软，经不住求，心一横拿出了自己仅有的50斤麦种。连长给大庚打了张借条，说等全国解放了，让他凭借条到县政府换麦子，一年翻一番！借条上的签名是"周大成"。

　　三年后县城解放了，大庚就带着借条进城兑换麦子。走上村前的山头，大庚面对村子坐下休息。坐在这里，大庚看到了刚刚属于自己的两间瓦房和两亩地。连长借粮后不久，他的两间破草房就倒塌了；那一亩兔子不拉屎的山地，第二年春就卖了。贪婪地看着那房子那地，大庚突然问自己：这房子这地是哪儿来的？——解放了，政府分给我的！想到这里，大庚就又想到了揣在怀里的借条：我分得的房子分得的地，难道还不值50斤麦子？他觉得自己不够意思，往脑袋上擂了一拳，拔腿朝回走。

转眼十年过去，遇到"三年困难时期"。大庚实在揭不开锅了，就又带着借条去找政府。走到县城外面的烈士陵园旁边时，他问路旁挖野菜的两个人，到县委怎么走。挖野菜的是一老一少。老的有五十多岁，脸浮肿着。大庚一眼就看得出来，那也是个被饥饿折磨了多时的人。没料到这人正是县委书记，问大庚有什么事。大庚知道对方的身份后，惊得接连倒退了几步，看着县委书记浮肿的脸、咳在地上的血，他如同做贼被人当场发现了一般，拔腿就逃。大庚边逃边问自己：

县委书记都饿成那个样子，都在挖野菜，这找谁要粮食？他又一次觉得自己不够意思，发誓再不拿借条找政府了。

年轻的大庚，渐渐变成老态龙钟的大庚了。人老了，心事也就多了。他打算在自己的有生之年买口好棺材，重新安葬媳妇，觉得只有这样，当自己下世的时候才有脸去见九泉之下的媳妇，也才能获得安慰他灵魂，消除那种朝朝暮暮煎熬人心的愧疚和负咎感——当年，解放军伤兵离开后，遇到一秋大旱，庄稼欠收。来年春天，大庚家断粮了！更糟的是，他把所有的麦种都给了解放军，秋播没种子用，这就决定了他夏季的颗粒无收,决定了他没胆量向别人借粮食。女人怀孕最需要营养,而大庚媳妇却只能吃草根树皮。媳妇身子太虚,分娩时孩子产不下来,母子俩就这样去了。大庚用一张草席卷着媳妇埋了……

大庚是村里的"五保户",自己的后事会有人操心的,棺材都已经准备好了。而重新安葬媳妇的事,则必须由自己来料理,要花几千块钱。而大庚连一千块钱都凑不出来。他听说:村长的存款有十几万,县里有的干部比村长还富。大庚心里出现了严重的不平衡。他第一次觉得自己一辈子太吃亏了。因此,他一改初衷,决定再一次带借条去找政府:村长还有县里的干部们,钱是从哪儿来的?不贪赃枉法,他们哪有那么多钱?他们能发不义之财,我为什么不能到政府,讨回自己应该得的钱财?

大庚请人算过账:50斤麦种一年翻一番,50多年竟然翻成了多少多少亿多少多少兆,足够买下整整一个国家!大庚说这是糊弄自己的,借条能兑换成几千块钱,够安葬媳妇就成。

走到县城外的烈士陵园旁边时下起雨来,大庚只好进烈士陵园躲雨,与看护陵园的老头聊起天来。树老根多,人老话多,他无意间讲到了进城的目的和解放前那段往事。

看护陵园的老头听了很吃惊,也讲起了自己的一段往事:1949年解放军攻打县城,请他当向导。有个团长对他说:曾向后山村一个老乡借过50斤麦种,等打完了仗,一定要到后山村看看,归还麦子……

给人性一个答案

大庚听着听着眼睛瞪大了,迫不及待地追问:"那后来呢?"

"那团长在攻打县城时牺牲了,就埋在这陵园里。我在想:那团长同你说的连长,是不是同一个人?"

大庚一骨碌站起来,要去看团长的坟。那是一个普通的土坟,墓碑上赫然刻着"周大成之墓"几个字!

看护陵园的老头还告诉大庚:这个烈士是孤儿,死时还没成家,所以这些年从没亲人来看望过。老泪从大庚眼角爬出来。他嘴唇哆嗦着喃喃道:"你这兄弟呀……我比你还多活了50多年哪!"

大庚离开烈士陵园后,直接踏上了回家的路。看护陵园的老头问他为什么不进城了,他红着眼圈说:"为解放咱这个县,人家连命都搭上了。人家找谁讨账?"

如何安葬媳妇大庚有了主意:用自己现有的棺材。至于自己三天或者五天后死了怎么办,大庚却想不出办法;没有办法他就对着荒天野地号啕:"老子这一辈子呀……"

精　神

农村老家来电报，说我年近八十的爷爷得了不治之症。

乘火车赶回家，看到爷爷病情的确十分严重，打针吃药都不起作用，医生说他最多还有一个月阳寿。我不是彻底的唯物主义者，十分重视人的精神作用。既然爷爷的病已无药可治，我就琢磨用"精神疗法"使爷爷的生命尽可能多地延长一些时日。

在许多情况下，人的精神力量是不可思议的。据报道：美国某地警察抓了个要犯，需马上送往关押地。在没警车的情况下，警察临时拦了辆冷藏车押送。不料到关押地后罪犯就死了，解剖检查是被冻死的。一路上冷冻设备并没开机、冷藏车里温度不过零度左右，怎能冻死人呢？专家分析认为：罪犯之所以被冻死纯粹是精神作用，他想象冷藏车里极冷，担心被冻死；越担心越冷，最终就给"冻"死了。在日常生活中，由于精神作用该死的人却没有死也是屡见不鲜的。

给人性一个答案

那么，采用什么样的"精神疗法"呢？心理学研究认为：人作为高等动物都存在某中渴求，渴求是其活力的源泉；当人的渴求得不到满足或断定得不到满足而绝望时，活力将消失甚至生命将结束。

那么，爷爷渴求的是什么？

是我这个当孙子的能够当官。

据说爷爷从小就立志中举当官，读书十分刻苦，坚信学而优则仕。但长大后科举制却废了，兵荒马乱几十年，鸿图难展，他就把希望寄托在我爹身上。可我爹不是读书的料，初中都没考上；爷爷就又指望我。从三岁起爷爷就开始教我识字，每天夜里都在油灯下倾其所有教导我。

上小学时我曾问他："人为什么要读书？"

"读书做官哪！"

"人为什么非要做官不可呢？"

"官是治人之人，做官体面哪！光耀祖宗啊！世上做什么有比做官更荣耀的？这是其一。其二正如古人所说：书中自有黄金屋，书中自有千钟粟，书中自有颜如玉！当了官一辈子就能吃香喝辣，享受荣华富贵呀！"

我考取大学后爷爷乐得一气喝了大半瓶酒，孩子似的在门口又笑又跳："我们家门要出高官了！"

可是大学毕业后我并没当官，而是一个普普通通的科学研究人员。对于当官我与爷爷有不同的看法——

古往今来，读书求学问下功夫最苦的非中国人莫属，头悬梁、锥刺骨一类下狠功夫苦功夫读书的事例在中国不算新鲜，在外国则不曾有过。然而，泱泱华夏、文明古国，在世界上数得着的科学成就有哪几项是中国人创造的？有人说中国有值得骄傲的"四大发明"，可那属于"技术"的范畴，是经验的结晶，而算不得"科学"，究其原因，国人读书求学问的出发点和落脚点多是做官。做官是最体面的，其他行当"万般皆下品"。读书人没当官，不论自己还是他人都认为是落魄潦倒的表现，不得已搞点研究混饭吃罢了。中国多少年来的挨打受欺负与此不无关系。那么，真正有志于强国富民的学人，应一门心思研究学问；放弃所学专业去官场钻营，我认为是可耻的。

我毕业分配后，爷爷见一次面问一次，问我任什么职、几品官。听了我的回答他总是脸色发白，低着头长吁短叹……

出于一片孝心，我编了个谎言："爷爷，你这么多年的愿望就要实现了，我就要当处长了！"

躺在病床上的爷爷气息奄奄，眼睛本来是闭着的，听了我的话后眼睛猛地一下睁开了，闪着很亮的光。他眼睛睁得那样猛、眼光是那样亮，使人不由自主地想到云天骤然亮起的闪电。"闪电"直直地射向我，我脸上甚至感到了灼热和强力的冲击。

"处长？"他挣扎着要坐起来。"处长有多大？"

"处长和县长同一个级别。"

他眼睛瞪得很大，嘴也渐渐张圆，怔怔地盯住我，而后老泪纵横地哭起来："我总算没白活白等，我孙子要当七品知县了！"

　　第二天爷爷就能下床了，气色出奇的好，脸上洋溢着兴奋和自豪；他吆三喝四地让家人准备香火供品，说要亲自到庙里敬谢神灵。在为爷爷神奇的康复高兴的同时，却有一种悲哀从我心里往外沁，那味道很苦很涩。

　　离家时，爷爷嘱咐我一有好消息就打电报回家，届时他将在村里大摆宴席庆贺。回到工作单位后我总在琢磨：是打电报呢还是不打电报呢？犹豫了半年，我担心爷爷牵挂时间长了伤身体，就打了个报喜电报。不料当天电报打出去，第二天我就收到家里打来的电报，说爷爷死了！

　　回家奔丧，家人都怪我不该打这样的电报，说我爷爷这半年活得好好的，见了我的电报乐得要喊，可还没喊出来人就不行了。

　　我承认爷爷的死与我的电报有关。可话说回来，爷爷是该寿终正寝了。

知足之足

乾隆皇帝弘历微服下江南，途经山环水绕的瓦罐镇。

这山区小镇仅有两三百户人家，十几家沿街铺面；街道只有十几丈长短，两三步宽窄，还不及京城的一条小胡同。乾隆无心思逗留，催随从只管赶路。

就要出镇时，乾隆却突然停了下来，拈须注目，久久端详道旁一户人家的院门对联。看那上联——惊天动地事业！看那下联——经天纬地人家！横批更有气魄——掌握河山！

贴此对联的是何等显贵人家？乾隆携众随从上前敲门。

门尚未开，已有爽朗的笑声从院内传出："好街坊！找上门来与我对弈，看我不赢你个透彻！"开门的是一老翁，童颜鹤发，布衣草履。见是生人敲门老翁也不尴尬，仍笑声不绝，连称失礼。乾隆抱拳还礼，称自己是过路商客，欲借座稍歇，讨口水喝。

老翁笑语寒暄，请乾隆一行到院中歇息。乾隆在院中石凳上

给人性一个答案

坐定，举目环视院内：堂屋偏房皆草舍，呈品字型排列，茅檐低小，泥壁生苔；院落宽敞，多种油菜，菜花间鸡鸭相逐，草堂前雏燕呢喃；布衣荆钗的女子在房前缝补衣袜，谈笑风生，"簌簌衣巾落枣花"，一帮淘气小儿，高呼大叫着追蜂逐蝶……由此看来，这无非是尽得天伦之乐、有衣有食的普通村野人家，毫无发达显赫迹象，怎能自称"惊天动地事业""经天纬地人家"？

老翁提水壶过来，乾隆便问起老翁家境。老翁满面春风，说自己合家十几口人，四世同堂，都住在这一座院内。

"可有儿孙在外做官？"

老翁开怀大笑："既无做官儿孙，更无做官念头，祖祖辈辈都在此地苟活，日出而作，日落而息。"

"贵府院门的对联，走笔苍劲，行墨酣畅，不知出自哪位高人之手？"

"惭愧惭愧！——那不过是老夫信手胡画乱涂罢了。"

乾隆又称道一番，问："不知那对联作何解？"

老翁一脸豪气答："我大儿是做鞭炮买卖的，因此有上联；二儿是织布卖布的，因此有下联。"

"横批又作何解？"

"老夫年迈，平日除逗儿孙耍笑、垂钓消遣外，偶尔也动笔描摹山水，因此有此横批。——自寻开心罢了！"

"你可进过京城？"

"老夫年近七十，还从未出过山呐！"

乾隆拈须良久，饮水已毕，起身告辞。老翁说与街坊有棋约，也不挽留，送乾隆等出门后，转身就亮开嗓子吆喝街坊来下棋。

行至镇外,有随从向乾隆建议,启用老翁为官:"圣贤有言:以效法自然为宗旨,以自我实现为根本,以虚静物化为方法——此圣人也!这老翁追求恬淡虚静,独与造化,身份微贱而心灵空明,正是姜太公一般的治国安邦之才!"

乾隆说不可:"老翁无异于桃花源中安身,颐养天年,自得其乐,我不能加害于他。"

随从道:"封官进爵,荣华富贵,怎能说是加害于他?"

"自古害人为一官。凡做官都有数不清的忧愁烦恼,怎比得了老翁逍遥自在?我等做官是不得已而为之,切不可强加于老翁。"

也有随从向乾隆建议,令地方官将老翁杀了:"这老翁无非一乡村野夫,出言狂妄,心怀叵测,是社稷祸患。"

乾隆又说不可:"老翁身份微贱而不觉微贱,不困缚于世俗,不沉溺于外物,清心寡欲,淡泊处世。这等人不但不可加害还应嘉奖!"

"为何还要嘉奖?"

"圣贤有言:祸莫大于不知足,咎莫大于欲得。古今世道之乱,无不始于世人的不知足。若世人都如同这老翁,知足之足常足,人欲以静,天下自定,社稷哪还有祸患?"

又有随从向乾隆提议,是否日后召老翁进京封赏。乾隆断然否决:"若是老翁离开瓦罐小镇,进京游览,目睹皇宫荣华,日久恐怕就不再安分——轻则乱了心境,生出烦恼;重则图求荣华,乱了社稷!"

零点鬼电话

煤矿发生瓦斯爆炸，井下全是死尸和血肉模糊的伤者。我从血泊和死人堆里爬起来，企图逃出矿井，但吓得两腿发软，怎么也跑不动……惊叫一声醒来，方知自己做了一场噩梦。

我作为政府办公室秘书，随市政府调查组，来到财源煤矿调查矿难事故。也许是参与了这次矿难调查，也许是平时看多了矿难事故的媒体报道，才使我做了这个让人心惊肉跳的噩梦。

这是一个开了又关、关了又开的个体煤矿，安全条件极差且违反操作规程，最终导致了矿工死伤各一人的矿难。

调查展开后，调查组听汇报、看材料，当地县乡两级政府和矿主都很配合，主动汇报了相关情况，做出了深刻检查，并对遇难矿工家属以优厚的抚恤……三天过去，调查结束了，我这个当秘书的，根据调查组领导定的调，已经把调查报告的腹稿打好了——一死一伤不算重大事故，罚款、通报……

明天，我将随调查组游览当地名胜，之后就要打道回府交差了。

噩梦醒后很难再入睡，我干脆坐起来抽烟。随身带来的香烟已经抽完，好在矿主送有一条未开封的，便打开来。谁料那条香烟里竟然夹带着3万元钞票！矿主对我这个小秘书就如此大方，对调查组的其他大员会怎么样？这是为什么？

正在我胡乱猜想时，客房里的电话铃骤然响起。已是天寒地冻的冬夜零点，谁会在这时候往宾馆客房里打电话？

来电话的是我初中时的同学二柱子。我听声音不太像，对方说多年不见面，声音哪有不变的？我问："十多年没有联系了，你怎么知道我现在的行踪？"

"同学串同学，哪个老同学的行踪我不清楚？——你大学毕业后当官了，可我，沦落成了财源煤矿挖煤的打工仔。"

上初中时，二柱子是年级的学习尖子，后因家境贫寒，交不起学费而辍学。二柱子在电话里说他前年结婚了，眼下一家人全靠他外出挖煤挣钱糊口。他说："你什么时候回老家了，顺便代我看看我老娘，她老人家卧床不起几年了，全靠我媳妇苦撑着照料；还要请你代我看看我儿子——那小家伙可招人喜欢了！"

旧情唠过，我问他这么晚打电话有什么事，二柱子这才说："你们前来调查，就听听县乡政府和矿主汇报就算完了吗？"

"我们走访过劫后余生的矿工……"

他在电话里叹道："矿工们一怕政府'秋后算账'，二怕矿主豢养的黑社会打手报复，谁敢透露真情？"

"你什么意思？难道说我们调查的情况不实？"

"这次矿难何止一死一伤——多数遇难矿工被销尸灭迹了！还有，矿主为了为掩盖真相、少付不付抚恤金，还把一些重伤者活埋了！"

我心头一颤："可是，当地县乡政府向我们汇报……"

"财源煤矿是当地的纳税大户，矿主又重金买通了各方头头脑脑，县乡政府能说实话？一切都掩盖就绪了才请你们来的——要不是有人走漏了风声，他们连发生矿难的消息都不会往上报告。"

我虽然也在仕途上混，但天良没有丧尽；揭破真相、为遇难矿工申冤的欲望升上了心头："你住在什么地方？我明天找你再做了解。"

二柱子说他现住黑石沟，住所前面有棵弯腰榆树；同室居住着5个打工仔，找到其中任何一个人都可以证明真相。"多年不见，你可能不认识我了。不过我的鞋垫是我媳妇缝的，上面有棉线缝的2004.1.3字样，那是我儿子的生日。"

我还要再往下问，但二柱子那边把电话挂了。我房间里的电话没有来电显示功能，想回电话过去也不知道他使用的电话号码。

第二天我借故没有去游览名胜，独自找到黑石沟。这是条无人烟的荒沟,既没有工棚也没有房舍,但是,二柱子说的那棵弯腰榆树正孤独地站在寒风中。榆树下面是一片新土,新土旁边有一只半旧的胶底鞋;鞋子里面有鞋垫,上面有棉线缝的2004.1.3字样……

我感到脊背一阵发凉,鸡皮疙瘩"呼啦"起了一身。

我结结巴巴地把情况向调查组做了汇报,招致一片讥笑,但后来调查组还是到黑石沟挖开了那片新土——下面埋着五具尸体,其中就有二柱子……

他的眼睛定定地瞪着,直视着他家乡的天空——二柱子在看什么?也许,他看到了正在朝他这里张望的白发的老娘;也许,他看到了蹒跚学步、"招人喜欢"的儿子,正向他这里走来……

给人性一个答案

找　钱

　　矿主开着自己新换的"宝马"上国道兜风。在离县城不远的地方,"宝马"被开张第一天的收费站拦住了。一个满脸稚气的姑娘从收费窗口探出头来,要他付10元过卡费。

　　矿主是亿万富翁、本县首富,10元钱对他来说连九牛一毛都算不上。可是,他以前开车经过本县其他收费站时,都是免收过卡费的。国道上设卡收费常遭人唾骂,取之于民用之于官什么的,但矿主对此却颇有好感:当其他车被拦阻收费,而他的车畅通无阻时,他有一种说不出的荣耀感。而眼下他的车也被拦阻了,因此他不情愿出这10元小钱:"你不知道我是谁,也该认识我的车吧?"

　　从偏远农村招聘上来、初次上岗的姑娘不知道他是谁,也不认识他的车,只认铁定的收费规章和上司的交代:"我们领导说,除非是县领导的车……"

　　矿主实在没把区区10元小钱放在眼里,原本已经掏出了钱。而听了这话,他又把钱装了起来:"县领导不出钱,为什么要我出钱?"

"这是收费站的规定。"

"规定?"轻蔑的情绪使他的嘴巴向一边撇去。"你要知道:这个县所有吃皇粮的,一年中有半年是靠我养活着!"矿主上交的税金,几乎占这个国家级贫困县税金的一半,因此他有资格说这样牛气的话。

姑娘听不懂,还是不放行,并拿出红头文件解释起来。矿主懒得听,倒是又掏出了钱,抽出一张百元大钞递过去,不冷不热说道"找钱"。

把超过应收的钱退还叫找钱,天经地义。这道理姑娘懂。找钱后事情应该说就算结了,可矿主却觉着心里怄得难受。二十年多前,他还是个靠偷鸡摸狗混日月的社会渣滓,但人家顺应了"气候",以坑蒙拐骗为手段,最先实现了"原始积累",形成一个资本的核,然后开始资本的"核爆炸",为自己炸出了一条名利双收的金光大道。如今,矿主已经不是仅仅鼓着腰包的"土财主",而是本县最大的企业老总,脑袋上戴满了"委员""代表""理事"等数不清的"红帽子",成了就是县太爷见了也称兄道弟的人物了!因此,矿主认为过卡是否交费绝不是个钱的问题,而是个身份问题、人的社会地位、所处社会层面的问题;拦阻收费是对自己地位的蔑视和小瞧,是一种侮辱和精神迫害!

如果他当场打个电话给县太爷,收费站免收过卡费、立马放行是不成问题的,但矿主没有这么做——对于他来说，张嘴求人早已成为历史，求者和被求者早已置换。他要用另外一种方式，来显示自己呼风唤雨的能耐、翻江倒海的本事，来炫耀和强化自己的社会地位，来补偿自己的"精神损失"……

矿主开车兜了一圈又回到了收费站，斜着眼问："还收费吗？"

姑娘脸上仍然堆着笑："谢谢您的合作，还是10元。"

矿主又掏出张百元大钞递过去，仍不冷不热说道："找钱"。

找钱过后，矿主把"宝马"开离收费站，用手机拨打自己办公室主任电话："让矿山所有车辆停止正常运输，把车开到国道收费站；10分钟一个来回，从收费站穿梭。"过卡费由司机到矿山财务部预借，过后一概报销。他特地强调："预借的过卡费，必须都是百元大钞！"

转眼间，矿山的近百台轿车、卡车纷纷来到国道收费站往返"穿梭"，司机都用百元大钞交过卡费；收费站的零钱很快"找"完，没有办法再找钱、找钱"找"不起了！

不找钱车就堵在那里，转眼间就堵了十几公里。

一条坦坦荡荡的国道，就这样陷于瘫痪；共和国的一条血管，就这样发生了"血栓"。

收费站不远处有个鱼塘。眼下的矿主，正和一帮手下谈笑风生在那里钓鱼呢……

事后，县太爷亲自登门向矿主道歉。全额退还了当天矿主及矿山司机交的过卡费后，县太爷半开玩笑道："找钱给你，我可找不起呀！"

那个收费的姑娘被清退回农村老家了，矿主的"宝马"上国道，从此就风驰电掣、通行无阻了。

给人性一个答案

命之理微

　　企业倒闭，王军夫妻双双丢了饭碗。丈夫瞎闯冒撞到沿海打工去了。妻子也想找份儿工作，就在本市四处打听，但除了"哭丧妇"外，再没有什么体面的职业了。她怕遭人耻笑，说宁肯待在家穷死饿死，也不干那丢人现眼的差事。
　　女儿中学就要毕业，婆婆是残疾人，家务也确实需要人料理。可她是个上班工作惯了的人，待在家总觉着心里空落落的，忧忧寡欢度日。
　　丈夫离家一年后她感到身体不适，到医院竟然检查出了要命的毛病：淋巴癌，性命最多还能维持四个月！
　　她瞒着孩子和婆婆给丈夫打电话。丈夫当时还没有手机，电话只能打到他打工的企业，由门卫老头代接喊人。
　　"你找王军？他……"门卫老头迟疑了半天才向她透露：王军打人致伤，昨天才被抓走，可能要判五六年呢！她两眼一黑瘫倒在地上。

苏醒后她一连几天躲在家里哭。后来眼泪哭干了,她倒觉得心里踏实了:靠山山崩靠水水流,眼下只能靠自己了!她冷静地梳理出了自己有生之年要做的事:给婆婆装副假肢,必要时把话挑明了,将女儿完全托付给婆婆;再有一两个月女儿就要放暑假了,到时候带上一老一小去千里之外探监,一家人最后吃上一餐团圆饭……

可是,做这些事钱从哪儿来?家里每月只有几百元"低保费",仅够维持日常开支。她心一横,就到殡仪馆当了哭丧妇。

哭丧妇的差事是代人哭丧。在当地,死者火化前哭灵的人越多越排场,有钱有势人家都雇人哭丧。当然了,除非穷极潦倒,谁也不会充当他人的孝子贤孙人去哭丧。

而她已完全豁出去了:一个就要死人还讲什么尊贱荣辱、还要什么身份面子?只要能多挣些钱,把有生之年的事儿做完,丢人现眼又怎么了?

"哭丧妇"的收入,除殡仪馆按哭丧次数付费外,"表现突出"的,丧主还有小费。一般的"哭丧妇"替人哭丧都难哭出个真模样,边干嚎边往眼皮上抹辣椒,如此当然难以哭出悲情,得不到小费。而她的哭丧却哭得撕心裂肺挥泪如雨,比孝子孝女更痛不欲生。诀窍是她哭丧前首先是酝酿情绪,在心里念叨:我一死,女儿就成了没娘的孩子了,丈夫还关在监狱里,身后的一家人可怎么过呀……

她第一次哭丧硬是哭得死去活来。丧主是权贵,感激涕零,付了两千元小费;第二次哭丧她又哭得差点儿背过去,

给人性一个答案

丧主是大款,感动之极,付了三千元小费……她第一个月就挣了一万多元,成了当地著名的哭丧妇。

由于她的哭丧是真哭、号啕大哭,每次哭过都汗如雨下、筋疲力尽。一天下来嗓子哑了眼泡肿了,天晚赶回家她还要强撑着忙家务,等把孩子、老人侍候上床了,她再坚持给丈夫织毛衣,直到把自己织进梦乡……如此一天从睁开眼到闭上眼,心里就再也没有空落落的感觉了。

在世人的眼里,哭丧妇是极下贱的营生。因此,当她红肿着眼泡进出殡仪馆、偶尔遇到熟人时,对方往往会长吁短叹:"你怎么竟落到……落到这般田地?"

她却丝毫不感到难堪,昂着头回敬:"我落到什么田地了?干啥不是挣钱过日子?"

……不知不觉中女儿放暑假了,就在她准备启程去探监时,一天早上丈夫竟然推门归家了!

她傻了:你、你王军不是蹲大狱了吗?

丈夫愣了一阵突然笑起来。原来丈夫所在的企业有近千个外来工,其中叫王军的就四五个。门卫老头只晓得罪犯王军,却不晓得她丈夫王军……事情水落石出后,她扑到丈夫身上痛哭起来,诉说自己就要离开人世的不幸。

丈夫听后大惊,马上带她到同一个医院复查。

这复查却又查出了怪事:她的淋巴癌居然消失了!夫妻俩都感到莫名其妙,医生也感到莫名其妙。

当地最权威的病理学专家,名西医、老中医,认真研究了她的所有病历资料后都大惑不解,说真可谓命之理微、天

85

社会万花筒之中国微小说系列丛书

下至变者病也!

丈夫本是技艺非凡的技工,在外打工之初老板把他当普通打工仔对待,月薪除了吃喝所剩无几;前不久老板才发现他的能耐,聘其为高级技师,月薪比博士生还高!他发明的一项专利也被公司买断,得奖金百万。

丈夫给她留下一笔钱又外出打工去了。

"靠山"尚在,而且往后也不愁钱了,她鼓了几个月的那股劲儿便散尽了,再也不去当哭丧妇了。

她整天待在家里,感到心里又空落落时就找人搓麻……

一年后她又感到身体不适,再到医院检查。这一检查居然又查出了要命的毛病:淋巴癌!丈夫赶回来安排她住进医院,可癌细胞已扩散,没几天人就不行了。

给人性一个答案

雁栖荒滩

迁徙途中的大雁随日落而落，落到了一片静谧的荒滩上，在夕阳的余晖中觅食。

夜色渐浓，大雁们聚在一起栖息。一整天的飞行，风起云涌迢迢千里，它们实在太累了，而且明天还有迢迢千里行程呢。

没有入睡的只有一只孤雁。

孤雁是因伴侣之前被天敌捕杀而成为孤雁的。大雁世界遵循的是彻底的"一夫一妻"制，一朝为伴终生厮守。如果一方夭亡，另一方便成为永生永世的孤雁。孤雁值夜是大雁世界的传世规则。

夜，有星无月。随夜幕降临到孤雁身上的，是整个雁群的安危存亡——栖息的雁群，最容易遭受野猫、黄鼠狼等天敌的偷袭。大雁和鸡鸭一样都是"鸡宿眼"，黑暗中视力尽失；而且其入睡时，总是把脑袋包在翅膀里面，非大的动静难以惊醒。孤雁值夜的责任，便是及时发现异常情况并发出警报。

大雁的听觉、嗅觉很发达，黑暗中，值夜的孤雁能听到、闻到野猫、黄鼠狼等偷袭者走近的脚步声和异味儿。如果出现这种情况，它便会大声报警；熟睡的大雁们惊醒后会一起鸣叫，以嘴和强有力的翅膀为武器，循着异味和声响反击过去，前赴后继，往往能使来袭者知难而退。

黑暗中杀机四伏。野猫、黄鼠狼没来，而最阴险、最残忍的天敌——人，已悄无声息地潜藏在下风头的荒草中。在夕阳中降落的那一刻，大雁们就被人从远处盯上了。

人掏出手电筒，按亮晃动，然后又迅速将电筒熄灭。警惕的孤雁发现了亮光，鸣叫报警。睡梦中的大雁们惊醒后，便大声鸣叫着，有组织地做好了以死相拼的准备。如果人在这时候实施偷袭，大雁们会以死相拼，混战中人被啄瞎眼睛、啄掉鼻子不是什么新鲜事。

有前车之鉴的人，仍悄无声息地潜藏在下风头的荒草中。

四周除了无边无际的黑暗，除了无边无际的虫鸣，除了无边无际的草香，似乎再没有其他什么了。天下太平、安祥乾坤。大雁们嘀嘀咕咕地责怪着孤雁，不久就又安然入睡了。

人再次掏出手电筒，按亮晃动，然后再次迅速将电筒熄灭。孤雁发现后，再次鸣叫报警。熟睡的大雁再次一起大声鸣叫，做好了以死相拼的准备。

给人性一个答案

人还是悄无声息地潜藏在下风头的荒草中。

依然天下太平、安祥乾坤。大雁们愤愤不已，围住孤雁责问训斥，一边狠狠地啄它的脑袋，以惩罚其谎报。泄愤完毕后，大雁们再次安然入睡。

大雁也是会做梦的：或是在云蒸霞蔚的清晨起飞的梦，或是在莺飞草长的天国降落的梦；还有羞怯怯的情侣、毛绒绒的雁宝宝……

奸诈的人如此反复多次，孤雁也就会被反复惩罚多次，而且一次比一次重。孤雁最终被啄得头晕眼花、头破血流，发现异常后就不敢再报警了。

这时，人便蹑手蹑脚地溜进熟睡的雁群，先把一个大雁的脑袋从翅膀里拽出来，然后迅速扭麻花似的，将大雁的长脖子打个结，一拉。这一拉，一个温馨的梦便被永远地拉断了；这一拉，古往今来所有"寒风送雁""望断南飞雁"的吟唱便成了忧伤的呜咽……

被同伴咽气前挣扎惊醒的其他大雁茫然不知所措，伸长脖颈责问孤雁——躲在草丛中、两眼一抹黑的孤雁却早已不敢再出声了。

"责问"恰恰为人提供了杀戮的下一个目标，一个，又一个……最终，人将战利品装进麻袋，满载而归。

当朝霞驱尽黑暗时，荒滩上剩下的只有孤雁。眼见雁群已遭"满门抄斩"，再也无所追随的孤雁便展翅升空，于荒滩之上徘徊悲歌至力竭，然后合起翅膀，头朝下坠地而亡。

秋天的荒滩总有相同的故事在演绎。

89

社会万花筒之中国微小说系列丛书

也许，这就是大雁们于天空飞翔时，总爱把阵容排成"人"字的原因吧——那是它们在相互告诫，同时也是向世间万物生灵发出的警告。

给人性一个答案

最后一杯茅台

办公室的一帮哥们儿入夜无事，溜到我家嚷嚷要喝酒。我家里不缺酒，酒柜里放有二三十瓶。没想到他们早盯上了酒柜里的两瓶茅台，说是非茅台不喝。那两瓶茅台我珍藏了多年，连岳父过七十大寿我都没舍得拿出来。可这帮哥们儿打劫似的，不由分说就把酒瓶打开了！

我只得痛心疾首地陪这帮无赖哥们儿喝酒。

众哥们儿边喝酒边吹牛扯淡，不知不觉中，两瓶酒只剩下一杯了！

大家正在兴头上，怎么办？我说换其他名酒来凑合，可众哥们儿都不同意，说喝了茅台再喝其他酒同"忆苦思甜"差不多……正在我为难时小张出了个主意，说酒不必再喝了，吹牛扯淡继续；每人讲一段关于盗贼的"真实奇闻"，谁讲得最生动最后一杯酒就奖给谁。

见众哥们儿无异议，小张便打头炮开讲，说是一盗贼到某权贵住宅行窃，窃得现金数十万后，又被十几箱搬不走的"茅台"撩起了酒瘾，干脆就地开瓶痛饮，结果醉倒被擒获，后来却将权贵也牵连进了号子。

大刘讲的故事也是小偷偷出了腐败案。不同之处是这盗贼心更贪，窃得权贵钱财不算，临走还留了张字条，要权贵再出十万元"保密费"……

以上故事固然精彩，但时常见于媒体，都老一套了，算不得"奇闻"。

往下该老赵讲。他讲的是清朝的陈芝麻烂谷子——

同治、光绪年间，蜀地出了个极厉害的盗贼，号称飞鼠王。这家伙轻功了得，能飞檐走壁、踏雪无痕。

光绪元年某日，飞鼠王潜入成都一当铺行窃。当铺已打烊，飞鼠王正欲下房梁动手时有人敲门进店，对老板说有要物典当。老板见来人是四川总督府的公差，不敢怠慢，问有何物典当。公差递过一个贴着"四川总督部堂"关防封条的皮箱，说当金为两千两白银，一个月后赎回。

当金两千两的皮箱，其中定然是极珍贵之物，老板要开箱验看。公差道：箱子是总督大人私人之物，封条是总督大人亲手所贴，谁敢开箱？老板与三教九流打交道几十年，晓得官场内幕，因此不再多问，如数照当。

当时的四川总督为丁宝桢，这主原为山东巡抚，调任四川总督不久。飞鼠王料定皮箱中是从山东搜到来的民脂民膏，非金玉古玩即珠宝名画，怕是价值连城的。待老板入寝后飞鼠王将皮箱盗走，至僻静处打开来看——竟是几块砖头！

给人性一个答案

老赵讲到这里打住不讲了。堂堂的川督为什么还要典当？典当之物为什么是砖头？大家又催又求，老赵才接着往下讲——

按清制，总督例兼兵部尚书、都察院御史，丁宝帧可以说是上马管军、下马管民，位高权重、体制尊崇。可他上任不满一个月却遇到了大麻烦：手头没银子了！

丁宝帧是贵州平远（今织金）人，由于川贵毗邻，任川督后故乡亲朋纷纷前往投靠，希望谋得一官半职。丁宝帧是从不安插亲朋为官的主，却又不忍冷落家乡亲朋故友，每每盛情款待一番，而后赠送路费，婉言辞别。如此丁宝帧当月的俸禄很快就花光了。按一般总督惯例，俸禄不足时只需开出一张白条，便可到清库提取真金白银，而且手下人会把事情处理得皇皇堂堂，遮掩得天衣无缝。可丁宝帧没这么做，手头没了银子，他首先想到的是典当。但他为官几十年两袖清风，连夫人都是荆钗布衣，拿什么典当？后来这主灵机一动：本官虽穷却还有身份地位，身份地位也是可以换钱的呀！所以他就用皮箱装了砖头典当……

一个月后俸禄发下，丁宝帧便拿出两千两银子赎回了皮箱。

奇怪的是，当丁宝帧打开皮箱时愣住了：那里面装的已不是砖头，而是几个金元宝和一坛子茅台酒！

我和一帮哥们儿听到这里都哄笑起来：这故事纯粹是瞎编的，背离了必须讲真人真事的原则！

小张说："皮箱中本是几块砖头，怎么能变成金元宝和

93

茅台？胡咧咧你！"

大刘说："皮箱明明已被偷走，怎么丁宝帧还能赎回？瞎白话你！"

老赵也不反驳，接着又讲：那飞鼠王绝非为几个小钱行窃的毛贼，当他打开皮箱见里面是砖头时很纳闷儿，决心要把事情弄个瓜清水白，就把皮箱封条贴好，连夜送回当铺，之后明察暗访，终得实情。

飞鼠王十分感动，觉得该帮丁宝帧一把，就到贪官家偷出若干金元宝和茅台酒，换出了皮箱里的砖头……

事情是交代清楚了，可清朝有丁宝帧这个人吗？腐败透顶的清朝能有这样的清官吗？我又向老赵提出了这样两个问题。

老赵就发誓，说有《清史稿》一书为证。正巧我买有《清史稿》，只是没阅读罢了。当即掀书查找，的确有丁宝帧其人，也确有"刚直廉明"的评价，且称："同光中兴"，全靠丁宝帧这样一批官员。

那么，剩下的这杯茅台酒该赏谁？大家都说该赏给老赵。

嗜酒如命的老赵接杯在手，贪婪地抿了又抿，欲喝又止、欲喝又止。一帮哥们儿盯着老赵的嘴，目光也都很贪婪，抽着鼻子嗅茅台飘出的奇异酒香。

老赵抿了许久，直说好酒、真香啊！说着他开门走到院子里，将那杯酒洒在地上："还是请丁宝帧喝吧！"

给人性一个答案

沙漠三人行

民国初年，军阀之间为争夺地盘大打出手，

在沙漠边缘进行的一场血战，魁五的一个团，被对方一个营打得屁滚尿流。魁五借夜色掩护，只身逃进了沙漠。

魁五熟悉这一带的地形，照直朝西，正常人五六天便可走出沙漠。那里是他的地盘，到了那里就有望东山再起了。不幸的是他腿部受伤，行走很困难；而且，他没带丁点儿饮水和食物。

天亮后他发现了两个自己部队溃散的士兵，士兵也发现了自己的团长。谢天谢地，士兵还带有水和食物！

两个士兵一老一小，老兵和小兵轮换着搀魁五朝西走。

一望无际的沙漠，没人烟没树木，头顶是火辣的太阳，脚下是烫得熟鸡蛋的黄沙，第一天挺过去了。第二天的太阳比第一天的还毒，浩瀚的沙漠上到处都蒸腾着看不见的火焰。中午时分，三个人坐在一个沙丘顶上喘气。

魁五边喝水边问:"吃的喝的,还能维持几天?"

老兵舔舔干裂的嘴唇,说:"要是一个人,吃喝省着点,能维持八九天。"

小兵吞咽着口水,说:"要是三个人,省着点,也只能维持两三天。"

魁五沉默了一阵,说:"我伤口疼,听说嚼了红柳枝条能缓解。你们分头到南边、北边那两个大沙丘后面,弄几根红柳枝条来。"

老兵奉命到北边的沙丘后找红柳,小兵奉命到南边的沙丘后找红柳。

半小时后老兵空着手回来,说北边的沙丘后面根本没有红柳。

一个半小时后小兵拿着两根红柳枝条,跟跟跄跄回来了,说南边的沙丘后面也没有红柳。魁五问:"那你这红柳是在哪儿找到的?"

小兵已经精疲力竭了,瘫倒在沙地上,鹅似的伸着脖子虚喘,边虚喘边说:"南边没有,我又往东走,翻过三道沙丘才找到了一棵红柳。"

魁五接过红柳枝条后并没有嚼,却悄悄掏出手枪,对着小兵的脑袋开了一枪。

正要给小兵喂水的老兵一哆嗦,拔腿欲逃。

魁五举枪对着他,说:"你不要怕,也不要逃,坐下来吃点儿喝点儿,而后扶我继续赶路。"

"你为啥要杀他?"

给人性一个答案

"少一个人就省一份吃的喝的。"

"那……那你为啥不把我一起杀了？"

魁五拍拍自己受伤的腿说："你把我搀出了沙漠，我东山再起后，就提拔你当团副！"

老兵的疑惑取代了惊恐："可小兵照样能够搀你走出沙漠的。"

"因为他找到了红柳。"

"找到了红柳有罪？是你命令我们去找红柳的！"

"可是，我没让他往东走。他没你听话。"

老兵站着，傻瓜似的看着魁五："你需要的不是红柳？"

"红柳压根儿就不能缓解疼痛——我需要的是一个听话的人。"魁五收起了枪，拉住老兵的手说，"你以后也是要当官的。记住，为官最要紧的是识人、用人。"

老兵却把手抽回来："我现在终于明白了，你的部队为啥会一败涂地。"

"你说为啥？"

老兵突然抓起自己的步枪，对着魁五的脑袋开了一枪，算是做了回答。

拯救众生的那片高地

1

墩子扛着头小牛犊,往扛犊岗顶攀爬。他身后拖着条尾巴——八岁的儿子。

扛犊岗顶有片足球场大小的平整土地。那片地土质极特殊,不深耕几遍长不成庄稼。深耕需要牛,可扛犊岗四周刀削斧劈般陡峭,连牛都牵不上去。为了耕种那片地,人们只能把刚断奶的小牛犊扛到岗顶放养,待它长大后耕作。牛在岗顶终其一生,老死后主人便将其就地肢解,扛皮肉下山。

据说,从尧舜爷时代起,人们就用这种方式,耕种着那块土地。

往事越千年,现在那块土地由墩子家"联产承包"。

累了,父子俩坐下歇息。

"要是狼把牛吃了,咱家的地不就种不成了?"

"在咱这山区，狼祸害牛不算稀罕，可狼从不上扛犊岗！"

"为啥？"

"老辈人传下来的说法是，在很早很早以前，普天下发大洪水，只有咱这里的高山没有被淹，扛犊岗顶，成了人间最高的一块耕地。"

"我们老师就讲过'洪水灭世'的故事！"

"为了使人间最后一块地能耕种，世人不至于绝种，玉皇大帝警告所有的狼：哪个敢上扛犊岗顶，顷刻天打雷劈！"

"我们老师说，世上没有玉皇大帝。"

"可是自古至今，从没有狼到扛犊岗顶去祸害牛。"

2

儿子没考上大学，墩子要他在家，和自己一起耕种那块地，又搬出了老辈人传下来的说法："'洪水灭世'过后，天下死里逃生的不过十几人。这些人，都是靠那块地才度过了大饥荒，也才有了现在的世界。耕种那块地，是咱家的造化呀！"

儿子还是不愿过土里刨食的生活，到城市打工去了。

墩子仍然独自耕种那块地。他十天半个月才带吃食上去一次，那上面有山泉，有他搭建的A字形草棚。上去后他与牛为伴，住上几天，把农活干完再下山。

站在扛犊岗顶，可俯视燕衔春来、雁载秋去，雾漫月沉、霞涌日浮。在这似人间不似人间、非仙境莫非仙境的地方耕云锄岚，春播一颗种、秋收万粒金，墩子觉得自己就是个神仙，老死也不愿离开。

他喜欢久久地鸟瞰山脚下的村庄和自己的家：早上，家门前的河水晃着朝阳的万道红光，浴在红光里、只有钢笔大小的媳妇在河边洗衣裳；晾晒的床单、被面，彩蝶般在晨风里上下飘飞。偶尔，媳妇会冲着他挥胳膊："你什么时候回来——"墩子尽管听不到却知道她在喊什么，亮开嗓门回应："带的酒还没喝完呢——"

媳妇年轻时也常上来，还在草棚里干草铺就的地铺上过过夜。那时候，耸立于夜空中的扛犊岗顶，明月清风，一片虫鸣；牛在月光下安详地反刍，绝不理睬被草棚遮掩着的，两个年少夫妻的缠绵温存和澎湃激情……

3

转眼儿子到了结婚年龄。结婚是要花一大笔钱的。正遇到扛犊岗顶那头牛老了，该换小牛犊了，发愁的墩子突然产生了一个新奇的想法，热血沸腾起来，打电话让儿子回来商量。

"这次，咱们抗一公一母两头牛犊上去，繁衍出一群牛，扛犊岗顶有的是草！"

"干吗？"

"咱们也耕也牧，在扛犊岗顶办个小养牛场。"

"对！现在一头牛，就是杀了卖肉，连皮带肉也能卖万把块钱呢！"

"以后你就不要再外出打工了,那块地和养牛场都给你经管!"

"可是……狼真的从来不上扛犊岗?"

"自古至今,从没有狼到扛犊岗顶去祸害牛。"

父子俩大碗喝酒。

4

父子俩一人扛着一头牛犊上扛犊岗。

可到地方一看,老牛不见了,唯有一摊血!

"我说吧,狼怎能偏偏不上扛犊岗呢?"

"可是自古至今……"墩子蹲在地上查看过血迹,一拍大腿跳起来,"不是狼,是人!"

因为再贪婪的狼,也不会把牛连皮带骨头都吞了。

5

那块地,种不成了。养牛场的梦,更是碎得七零八落。

五十多岁的墩子,只好随儿子到城市打工去了。那块世人耕作了几千年的地,从此荒了。

后来儿子才知道:狼之所以不上扛犊岗,是因为扛犊岗上下蝎子草极多。狼一旦被蝎子草"蛰"到,会全身糜烂而亡,因此避而远之。

传说和现实中的狼,都有忌惮。可人呢?

社会万花筒之中国微小说系列丛书

巫　婆

　　蛤蟆湾那地方有个被称作仙姑的巫婆。据传她开了"天目"，有识鬼、驱鬼、降鬼的能耐，并以此给人治病。作为报社记者，我决定采访这个巫婆，把她的丑行公布于众，戳穿她的鬼把戏。

　　从市区到蛤蟆湾有一百多公里路程。我请同事大张开吉普车送我。赶到蛤蟆湾已过中午，一个山民引我去见巫婆。山民说巫婆年轻时是读书人，早年犯什么错才到蛤蟆湾落户的。他把巫婆吹得神乎其神，看病收费特低，一次只收一块钱。

　　巫婆年世已高。她的头发蓬乱如一堆杂草，说不上黄也说不上白，乱杂杂披散在头前脑后，那双眼睛灰蒙蒙的，毫无光泽，使人不由自主地想到胖人的肚脐眼；她的牙齿已完全掉光，干瘪的嘴唇总在不住地蠕动着，好像马上就会蠕动出一个热乎乎的鸡蛋似的。我在心里笑：如果说世上有鬼的话，她就是一个活脱脱的鬼。

巫婆也不看我，眼皮耷拉着问："仙客有何疾患？"

我把一块钱放在她面前，偷偷摸出了笔墨，然后说自己时常头疼，在很多医院都治不好。她用鸡爪子一般干枯粗糙的手捉住我的手，拉到鼻尖上审视，完了又斜起眼睛看了我的舌头。如此看来，她的手段与一般中医差不多。谁料这时巫婆突然山摇地动地打了一个喷嚏，闭上眼睛，浑身抖起来；抖了好久又打了一个哈欠，作梦中苏醒状，缓缓睁开眼，直直地盯住了我："观音菩萨弟子我初来乍到，遇到你是何人？"还不等我回答，她又一惊一乍惊呼开了："喔呀呀！鬼呀！百鬼缠身哪！"

我强忍住笑问："缠我的鬼是什么样子？"

巫婆复闭上眼，两只"鸡爪子"在头顶舞舞抓抓、指天画地，嘴里唱曲儿似的念念叨叨："鬼是一股风，无影又无形，变化大无穷；表面堂堂人面孔，背地却是魔怪形，确实存在人世中；我奉菩萨旨意来，降鬼捉怪救众生，一服仙药保安宁……

什么玩意儿！我憋不住捧腹笑起来。巫婆马上停止了装神弄鬼，但"鸡爪子"还遗忘在头顶，十分吃惊、十分警惕地看着我手里的笔问："你是干啥的？"

"实话告诉你吧，我是记者，来见识见识你的手段。"

"这这这……"她慌乱得手足无措，"我没有骗人……信则灵。"

我理解她的惊慌和警惕。世上那些贪官污吏、社会渣淬,他们甚至不怕法律,而害怕记者。这些人有的是个头很大的"甲虫",有足够的能力冲破法律之网,扬长而去;有的是个头很小但擅长探头探脑钻缝隙,往往会从"天网"的疏漏处溜掉。而主持正义的记者将他们的丑行揭露出来后,他们便很难逃脱道德和法律之网,在劫难逃了。

"你不是说有鬼吗?如果能捉一个给我看,就说明你没有骗人。"

她反而镇静下来了,脸冲房顶坐着,一副死猪不怕开水烫的模样。"我捉不到鬼。我们这一带没有鬼,叫我怎么捉?"

"你不是说有鬼吗?"

"鬼当然有。不过都在你们城里!"

她完全是在耍赖了,再这样同她磨嘴皮没意思。我很后悔自己过早暴露了身份,使采访不够圆满。功败垂成,我只好乘车返回。

路上车子出了毛病,进入市区已经是凌晨3点了。为了尽快赶回家,我们专钻胡同抄近路。在一条胡同里,有一男一女两个人影,在车灯前一闪,慌慌张张地隐到路旁大树后面,鬼影一般消失了。大张眼尖,尽管只是那一闪,他还是认出了其中的男人,说是本市相当有地位的一个人物。"半夜三更的,他怎么会在这里?"

大张诡秘地一笑说:"这条胡同人称'鸡窝'胡同嘛!"

说话间,车子驰进了一个别墅区,突然,又一个人影出

给人性一个答案

现在车灯的光柱里,是个戴有黑色面罩的人!那人朝墙上一贴,瞬间融进黑暗里。大张又发表自己的见解,说蒙面人八成是个杀手。说到杀手这个词,我马上联想到新近本市发生的一桩血案:某副职为谋取正职的位置,夜间雇杀手行凶。我起了一身鸡皮疙瘩……

快5点了,大马路旁,少数个体饮食摊已经开始张罗营业了。我们准备买些早点吃了再回家睡觉。我建议买油条,大张不干:"刚才你没见有人在舀地沟油吗?我估计买的多数油条是用地沟油炸的。"

我又建议买面条,大张又反对,说如今很多面条里面放有滑石粉,吃不得……

这时候,我不知怎么突然想到了巫婆的话:鬼当然有,不过都在城里!因此,我不打算在报纸上披露巫婆的丑行了,甚至想请她到城里来住些日子。

背背猴

到京城"晋见"朝廷要员完毕,唐知县逛古玩店时,无意间发现了一件被称之为"背背猴"的玉器。所谓"背背猴",就是用和田玉雕琢而成的两只猴子:憨态可掬的老猴子,背着个顽皮伶俐小猴子。让唐知县两眼放光的,并非这件玉器本身的精美绝伦,而是"背背猴"的寓意和谐音"辈辈侯"!

——"辈辈侯",大吉祥啊!

唐知县的人生追求是进爵封侯,虽然他不过是一个七品知县,而且已年过半百,但唐知县仍"壮心不已"。任知县二十年来,他搜刮的民脂民膏都"晋见"给了朝廷要员,并得到令人惊喜不已的承诺。因此他深信进爵封侯不过是早晚的事。唐知县多年不育,经中医反复调治,年过四十才得一子。中医曾断言,他一生只能有一子。眼下这心肝宝贝虽然刚满十岁,但聪明伶俐,是县城学校最优秀的学生,前程无量。

给人性一个答案

唐知县决计倾家荡产也要买下这"背背猴"。可一打听价格他傻眼了:"晋见"朝廷要员弄得两手空空,眼下就是砸锅卖铁、卖房子卖地也买不起呀!唐知县只得用随身所剩银两交了定金,匆匆返回自己任职的县城筹款。

所谓筹款就是搜刮民脂民膏。当时正值明末崇祯年间,连年灾荒不断,而苛捐杂税多如牛毛,闯王李自成趁势而起,攻占了不少地方。有道是"匪来如梳,兵过如篦,官来如剃",那年头百姓三天两头遭"梳"被"篦",再"剃"实在很难"剃"到什么油水了。就在唐知县大伤脑筋时,"财神爷"自己找上门来了。

这"财神爷"是追剿李闯王"匪兵"的一路将领,找上门来是要唐知县为自己报功的。当时崇祯皇帝有昭:杀一名"匪兵"者,朝廷奖白银五两,奖银由国库直接拨付。为防止各方统兵将领冒功,斩获的首级必须经地方官清点确认,核实后上报朝廷。

唐知县斜了将领一眼,问斩获的首级在什么地方。将领是个"老油条",虽无一斩获,却让唐知县按五位数上报。称所谓报功,哪路将领都是捏着鼻子糊弄眼睛,虚报冒功的。

如此买卖唐知县干的次数多了,可不见兔子他是不会撒鹰的,绕弯子兜圈子,半推半就、搪塞应付,说凭空填报自己担的风险太大,不敢从命。

将领明白他的心思,放出了"兔子":"朝廷奖银下来,我与你五五分成!"

唐知县要的就是这句话,心里暗喜:这笔买卖做完,那

107

社会万花筒之中国微小说系列丛书

预示大吉祥的"背背猴"就可以到手了！可在仕途上混了几十年的唐知县比谁都清楚：虚报冒功犯欺君之罪，万一败露是要满门抄斩的！因此他若明若暗地点拨将领道："以往毫无斩获的将领求我干这等事，都是胡乱……借用些乡下百姓的脑袋来……"

世上什么都能够借用，可人的脑袋是能够"借用"的吗？心领神会的将领仰面大笑："什么借用？不就是见人就砍嘛！"笑过说这事不难，令手下兵勇速办。

"匪兵"的首级上没有刻字，良民百姓的首级也没有标记，摆上闹市招摇一番，说他是匪就是匪，说他是寇就是寇。招摇过后，唐知县的妙笔就可以生花了，虚报数字不过是笔锋一转的事。

两个时辰过去，就有上百颗滴着血的首级送来，其间有花白头发的老叫花子的，也有乳臭未干的黄口小儿的……

看着这些血淋淋的首级，唐知县眼前便幻化出成堆白花花的银子，幻化出预示大吉祥的"背背猴"，幻化出父子"辈辈侯"的盛况……然而，当幻觉消失后，他看到那一堆首级里面，居然有自己儿子的脑袋！血淋淋、活生生的儿子的脑袋！

那天，他儿子随学校师生唱着童谣在郊外踏青。

给人性一个答案

两代人的积蓄

2007年入夏的第一场暴风雨来势凶猛。一个落地雷山崩地裂般响过后,位于市郊棚户区的一棵大树被劈成了两半儿。让人料想不到的奇迹也就在这时发生了:那棵大树下石棉瓦棚子里的植物人李四,竟突然苏醒了!

苏醒的李四把大翠惊得呆若木鸡。

李四自己也恍若隔世,怔怔地盯着大翠:"你是……"

呆若木鸡的大翠过了半天才说出一句话:"我是你大姐,大翠啊!"

"像倒是有几分像,不过……年岁大多了!"

大翠终于因过度惊喜而泪流满面:"这都过去20年了!"

没错,李四是1987年受工伤成为植物人的。20年过去,岁月已把大翠风化成了个憔悴的老太婆。

李四后来还是认了大姐,问自己这是躺在什么地方、这地方好像不是自己原来的住房。大翠说这些年几个姐姐轮流照料他，靠工伤补贴难以为继，无奈就把李四原来的住房卖了，租这么个石棉瓦棚子凑合着。

李四也不怪罪，打量着摇摇欲坠、难避风雨的石棉瓦棚子说："这石棉瓦棚子说不准哪天就要塌了！还是赶紧买套好房子住！"

"买房子？哪儿有钱？"

"钱嘛！小意思。"李四一脸的自信，说自己有一大笔存款。

他们的父母是工人，一辈子省吃俭用，下世时几个女儿都已出嫁，就把终生积蓄交给了唯一的儿子李四，让他自己再凑些，好买套好房子娶媳妇。李四比他父母更省吃俭用，从18岁参加工作当工人起，从不吸烟喝酒，连牙膏都舍不得买，一直用盐巴代替；裤带断了都舍不得换新的，用铁丝连接起来继续用。同时他又拼命干活挣钱，在工厂里年年都是先进，工资奖金没少拿。李四守财奴一般攒钱，图的就是结婚娶媳妇。可他的婚事多周折，到38岁才谈定对象，就说要买房子结婚时却受了工伤……

这一说到存款大翠就发急："人人都说你有存款，可你出了工伤后，我翻箱倒柜怎么找也没找到！"

李四的头发说不上白也说不上黄，乱杂杂地披在头前脑后。他神神叨叨地笑着，欲言又止、欲言又止，最终还是道出了自己的核心机密：所有积蓄都藏在衣柜底板的夹层里！

大翠又是一阵惊喜："衣柜底板有夹层？夹层里有存折？"

给人性一个答案

李四说自己的积蓄原本都在这个存折上，出工伤的那天中午才取成现钞的。

"取成了现钞？"

"我在解放大道看中了一套七八十平方的房子，房主黄大头那边也谈妥了。我中午取出存款，就准备去交钱购房呢，厂长却要我赶回车间加班，谁料想活没干完就出了事故！"

根据李四的指点，大翠撬开了一个老式衣柜的底板夹层——夹层内的确有一捆现钞，可大翠取出现钞数过后眉头却皱了起来：所说的"一大笔存款"，数来数去才14000元！

"还有呢？"

"还有什么？整整14000元就对了嘛！"

大翠认定这点钱只是李四存款的一个零头，问爸妈遗留下的是多少钱。李四说是10000元。大翠不信："爸妈在工厂出大力流大汗干了三四十年，省吃俭用一辈子，怎么只有10000元积蓄？"

李四便解释：那时实行"八级工资制"，爸妈到退休前每人月薪也不过六七十元，养儿育女的，一生能积攒下多少钱？

大翠就又追问李四自己的积蓄："你受工伤前，就屁股朝天头拱地干满了20年了，你积攒了多少？"

李四也不相瞒，说自己20年间的总共积蓄是4000元："我刚参加工资时月薪才二十多元，出工伤前我作为劳动模范还破格升了一级工资，月薪也才达到了六十多元……"

如此一算细账，李四家两代三口人的全部积蓄14000元

111

已经不算少了。经历过低工资年代的大翠对此不再存疑心了,却又提出一个新的疑问:"凭这点钱,就能买到一套七八十平方的房子?"

"咋了?房市行情就是一两百元一个平方嘛!并且,我已经和房主黄大头谈妥了,那套房13000元打住!"李四挣扎着要从床上坐起来,"我这就去找黄大头交钱!"

"你……"大翠按住李四肩膀不让他下床。"如今解放大道的房子,你的全部积蓄还买不到一个平方!"

李四先是瞪直了眼睛盯住大翠,像是要把她看穿似的;继而又闭上眼睛大笑起来:"老姐姐你糊弄谁呀!我和爸妈两代人的积蓄,难道还买不到一个平方的房子?"

家务风云

老熊的儿子考取了名牌大学,但老熊却一连几天对着儿子的录取通知书叹气。为啥?老熊是下岗工人,缺钱!

这天夜里儿子到姥姥家去了,老熊和妻子在床上辗转难眠,翻来覆去到天快亮时,妻子突然一骨碌爬起来,赤着脚在地上跳:"我们有钱了!"

老熊也一骨碌爬起来,要问妻子钱在哪儿。可话还没出口,老熊的鼻子先发酸了:妻子肯定是想钱想狠了,把脑子想出毛病了、神经了!

妻子光脚丫子跳了一阵,又疯疯癫癫地钻到床下,转眼拖出个大纸箱,伸手往里面掏:"我们有钱了!"

老熊心里难过,突然想起了《范进中举》里的故事:范进中了举人,当即乐疯了。他杀猪的老丈人爹为了治他的病,就狠狠给了他一个嘴巴,一嘴巴就把他扇过来了。因此,老熊就想学范进的老丈人爹,挥起了胳膊,准备一嘴巴把妻子扇过来。

谁知妻子出手在前，猛然挥来一个红纸夹到老熊鼻子尖上："看！这就是一百块钱！"

老熊一看，更坚定地抡起了胳膊——那红纸夹子是之前别人送给他们的请帖。明明是张请帖，妻子竟说是一百块钱，神经得连请帖和钱都分不清了！

但是，老熊的巴掌还没挥下去，妻子已经把纸箱里的请帖全倒在地上，顺手抓了个算盘，伏身跪下，撅着屁股一五一十数请帖了。

由于妻子的脑门几乎挨着了地面，老熊那一嘴巴没地方扇。

他不得不收回胳膊，盘算着等妻子抬起脸后再扇，反正今晚非一嘴巴把她扇过来不可。

说起那一纸箱请帖话就长了。老熊建家20年来，平均每星期都会收到一张请帖。这些请帖，都是亲朋好友送上门的。妻子喜欢收藏东西，收到的请帖都存在纸箱里，而且还在请帖背面记上所送的礼金数。

老熊妻子边数请帖边打算盘，她拨拉算盘珠的速度极快，而且每次运算都准确无误。老熊看着看着又对自己最初的判断产生了怀疑：说妻子脑子出毛病了，可她打算盘为什么这样快、这样准呢？他得出了一个结论：妻子的脑子虽然出了毛病，但还没到神经的程度。

请帖数完算过，妻子"忽"地一下从地上跳起来，脸上涌出了惊喜的神色，不容老熊挥起胳膊，就一把将他的脑袋

给人性一个答案

扳过去搂着，极神秘地说："1121张、112100块钱呐！"

老熊与妻子挨着身子，一时不能挥胳膊扇嘴巴。他观察着妻子的神色问："这些钱是我家早已经送出去的，与我家眼下急需要钱有啥关系？"

妻子眉飞色舞："请帖就是欠条！这些欠条说明别人欠着我家112100块钱，眼下我们急需钱，就该连本带息收账了！"

"怎么能把请帖和欠条扯到一起呢！你是不是脑子浑了说胡话？"

"谁说胡话？这些年我凡事听你的，结婚生孩子都没发过请帖……"

妻子这话不错。老熊一贯认为：亲朋好友遇到婚丧嫁娶、小孩出生或过生日之类喜事，送请帖过来是抬举自己的表现，不随大溜送礼金不够意思。可轮到他家有事时，却觉得发请帖如同发催款通知书一般，通知别人出钱给自己怪难为情的，有一种趁机捞一把的味道，因此从没发过一张请帖。

老熊说："咱们当初是旅游结婚，用不着发请帖；咱们生儿子没请客，儿子不但健康聪明，学习成绩又一直最棒……"

妻子手摆得像电扇叶片，说："旧话不提。眼下我们儿子考取了名牌大学，天理人情都是应该庆贺的。我看咱们一次发它1121张请帖出去！"

老熊斥责道："你，真是疯了？"

115

妻子一把将老熊推开,也开始观察老熊的神色了:"你是不是最近想钱想狠了,脑子有毛病了?我们发请帖出去收账啊!"

老熊被妻子推开了,正是一个挥起胳膊扇一嘴巴过去的机会,可是他这时突然又想起范进的老丈人爹了:范进的老丈人爹扇范进嘴巴之前是喝了酒的,喝了酒才下得了狠手。因此,老熊转身抓起酒瓶,也要猛喝几口。

妻子跟在老熊身后,扳着指头给他算账:"按眼下的行情,一张请帖最少能收入100块钱,1121张请帖最少能收入112100块钱;除去设宴席的开支,净收入差不多够咱儿子上大学了!"

老熊的脑袋一下胀大了,加上刚喝下两口猛酒,脸"呼啦"一下发烧了,扭过头驳斥道:"请帖所送的都是亲朋好友,我们借机敲人家一鼻子像什么话?分明是变相掏亲近人的腰包嘛!敲诈勒索嘛!兔子还不吃窝边草呢!"

妻子一听真恼了:"别人送请帖给我们,你说是瞧得起我们;我们送请帖给别人,你却说是掏亲近人腰包!我看……我看你的脑子真是有毛病了!"

老熊见妻子发火自己就忍着不说话,继续干喝老白干。而妻子却嚷得越发凶:"这些年来,每天上班就你最忙,一个心眼干工作。可是到头来,当官、赚钱都没你的份,下岗落在你头上还说是顾全大局。对这些事我一直弄不明白,今天我算是把你的总病根儿找到了!"

老熊酒力开始发作,甩掉酒瓶,挽起袖子准备扇嘴巴,同时喝问:"我有啥总病根儿?"

"你脑子有毛病、你神经不正常!"妻子已出手在前,猛然抡圆胳膊,一嘴巴扇到了老熊的老脸上,"我今晚非一嘴巴把你扇过来不可!"

社会万花筒之中国微小说系列丛书

耍猴者秘传

我同村的旺子极聪明，小时候在一起上学，他整日贪玩瞎闹，可成绩还总是最好。到初中快毕业时，他爹却逼他退学，继承祖业学耍猴了。他家驯猴有术，祖上秘传，驯出的猴子鬼精，会骑山羊会写字，还会给人剃头呢！街头表演完一场，猴子竟会主动端起盘子四下向观众讨钱；给了钱猴子就作揖鞠躬，赖着不给钱的猴子会龇牙咧嘴地伸爪子去抓。

在外地上完大学，从事了多年物种研究，我很想有机会能了解到旺子家的驯猴术。借出差的机会我回到了故乡。

见到阔别的旺子，我问起了他家的驯猴术。也许是因为我们儿时关系密切，也许他断定我不会占他的耍猴行市，没给我吃闭门羹，说："驯猴子并不很难，诀窍在如何选猴子。"

他说他将要成立一支新的耍猴队，要从经过初步驯化的猴子中优选，让我亲眼看看。

给人性一个答案

选猴地点在他家围着高墙的后院里，接受优选的猴子有十几只。旺子说这十几只猴子是从几百只猴子中初选出来的。初选时，在一些南瓜上掏个小洞，当面塞进好吃的，猴子们便会伸爪子进去掏。笨猴子抓一大把，紧攥着不放，爪子就抽不出来，急得吱吱叫；而这十几只猴子则知道松开爪子，一点一点朝外扒食物。

我眼见的优选，是让猴子们顶砖块。旺子举鞭一挥，猴子们就个个头顶砖块飞跑。等到猴子们发喘时，旺子拉我进屋里，从窗帘缝向外窥视。有只斜眼猴子见旺子离去，随即丢了砖块歇下来捉虱子。旺子看了一阵去推窗。听到窗响那只斜眼猴子忽地爬起来，顶着砖块就跑，而且装出急喘的样子。

旺子对我说："就选这只。"

"为什么？"

"耍猴耍猴，要靠猴子挣钱。只有聪明伶俐的猴子才能学成高明招数，才能挣到钱。"

"可这只斜眼太奸猾。"

"奸猾倒不怕。有绳子拴着、吃食引着、鞭子管着哩！"

旺子靠耍猴起家，成了方圆百里的首富，他早已不再亲自耍猴了，只管驯驯猴子，大多时间是想怎么逍遥就怎么逍遥。他雇了不少人，组成十几支耍猴队到外地挣钱，北到哈尔滨南到广州都有他的耍猴队，每年向旺子交款。我问款怎么个交法，旺子说一年交一次，按实际收入的百分之五十交纳。

"没会计跟着，你知道人家实际收入多少？"

119

社会万花筒之中国微小说系列丛书

"这不用担心,他们都会如数交来。"

我摇头表示怀疑。

旺子坦然一笑道:"这里有个选人问题。选人比选猴更重要。"

我问如何选人,他说还让是我亲眼看看。

选人的地点仍在他家后院里选猴的地方。接受选择的是十几个外乡打工的小伙子。旺子端来十几碗绿豆,一人面前的水泥地上撒一碗,之后让每人各拣各的,一颗不能少,看谁拣得快。喊一声"开始"后,旺子便带我进屋里,从窗帘缝向外窥视。那些小伙子见我们离去,大都急忙把绿豆拢作一推,用手捧进碗里,转眼就完事了。只有一个歪嘴小伙子,仍是一颗一颗地拣,而且还在皱眉数数,一五一十,极其认真。旺子看了一阵带我走出去,对那帮小伙子说:"不论拣完的没拣完的,都停下来。——让你们到外面耍猴赚大钱,你们一个月想得多少钱哪?"

众人乱杂杂地喊,有的说五百,有的叫三千,而那歪嘴小伙却一言不发,只是缩头缩脑地站着,夹尾巴狗似的。

旺子问他:"你要多少?"

歪嘴小伙又抓脑袋又抓屁股,抓出了一脸苦兮兮的笑,吭吭唧唧道:"你说给多少,俺就要多少。"

旺子把歪嘴小伙留下了。

我说:"选这么笨的人?"

"笨倒不怕。再笨的人,有绳子有吃食有鞭子,还能管不住猴子?"

给人性一个答案

晚上旺子请我喝"茅台"。我称赞旺子的选猴选人之道，他则称惭愧，说小时候的理想也是念大学、搞物种研究，如今却沦落到下九流。

我说："假设你同我一样搞物种研究，该怎样回答这个问题：如果自然条件具备，那十几只猴子哪个先进化为人？"

"当然是那斜眼猴。"

"还有——如果自然条件具备，那十几个小伙子谁先退化为猴子？"

旺子说当然是歪嘴。他想了好久又笑着补充说："我在前，歪嘴在后。"

这大概是酒话。

猴　魁

万树桃花笑春风，山径出没碧草中。

乾隆皇帝弘历微服下江南，途经云遮雾障的云雾山，正欣赏春色美景时，突然腹部疼痛难忍，随行御医使尽手段也无效果，众侍者只得将其移驾至附近一孤庙中。

接待这群不速之客的是位年过七十的老僧。御医谎称自己一行是茶叶商人，现东家病情危重，欲借寺庙暂且落脚，以便再作打算。老僧见乾隆疼得呼天喊地，顿生慈悲，称自己略通医道，"望闻问切"后泡茶一碗请乾隆饮用。没想到这碗茶水下肚，乾隆竟然疼痛顿消！

御医惊喜不已，问老僧："仅仅一碗清茶，为何有如此奇效？"

老僧笑答："此茶是罕见的珍品，具有舒气通窍之功效。你家主人转危为安算是碰巧了。"

乾隆腹中如沐春风、如浴清泉，口中余香袅袅、"似曾相识",因此接话道:"你这茶可叫'猴魁'?"

老僧一愣:"先生如何知道此茶名称?"

乾隆喝下的清茶正是稀有珍品"猴魁",当地官府历年都进贡朝廷的。

这"猴魁"出自猴子之手。孤庙四周峰峦绵延,野猴时常出入孤庙,年长月久,与老僧混熟了,彼此可用手势进行简单的交流沟通。每年隆冬大雪以后,野猴吃光了储藏的食物,在漫山大雪中找不到可吃的东西,饥肠辘辘时就会到孤庙中寻找吃食。老僧慈悲为怀,每每送吃食给猴子。猴子是知恩图报的,当冰化雪融,"草色遥看近却无"、茶树发芽吐翠时节,只要老僧做出上山崖采集茶叶的手势,众猴便心领神会,攀上险峰绝壁,星星点点地采摘每年最初的野茶嫩芽,送给老僧。

方圆几百里的云雾山深处,多沉浮于云雾中的险峰绝壁,世人难以攀及,是鸟送春来、雁载秋去似人间不似人间的地方,雾漫月沉、云涌日浮非仙境莫非仙境的去处。在这与尘世隔绝的"仙境净土"之上,野生茶树经云浸雾润,所采摘的嫩叶远非人工栽培的茶叶可比,品位极高。这样的人间珍品,起初是老僧自己享用,后来又送给过往商客、敬香施主品尝,如此"猴魁"美名渐渐远播,最终被当地官府衙门收集起来,进贡朝廷……

乾隆恐暴露身份,谎称自己是品茶高手,多次奉诏进皇宫品茶,因此对"猴魁"并不陌生:"不过,我在皇宫中品尝的'猴魁',味道远不及刚入口的'猴魁'滋味儿,这是何故？"

老僧信口答道："这是我自己留下的少许真品，贡品则是掺了假的，味道当然相去甚远。"

贡品怎么还能掺假？"猴魁"作为贡品，朝廷对当地官府衙门官员赏赐丰厚。但真正的"猴魁"数量极少，往多处说一年也就是一斤上下。官府衙门官员为多得朝廷赏赐，便责令当地山民采摘嫩茶，将两者搅和在一起，冒以"猴魁"之名进贡。山民采摘的茶叶，虽然也都是当年的头茬嫩芽，虽然外观相似，但茶树毕竟多是人工栽培的，不可能得到"仙境净土"野茶树那般的日精月华、云蒸霞蔚、风沐露浴，品质自然逊色许多。正如人工栽培与野生的人参，功效、滋味儿不可同日而语一般。两者搅和在一起，尽管已是茶中珍品，但远远不能与纯粹的"猴魁"相比，品味起来自然有所差异。

老僧对乾隆的身份毫无觉察，信口介绍了上述原委，而后对乾隆的品茶功夫又大加赞赏一番。乾隆施礼谢过老僧，出孤庙上路。

仍然是万树桃花笑春风，山径出没碧草中。但乾隆无意花柳，一脸怒色对御医道："猴子偶得老僧恩惠，尚知恩图报；而官府衙门官员终身享用朝廷俸禄，却欺君瞒上——这些人连猴子都不如！"

返回京城后，乾隆即令刑部查处云雾山"猴魁"案，诏曰：弄虚作假属欺君犯上，凡涉嫌者，满门抄斩！

有大臣进言，认为量刑偏重。乾隆却说："那些官府衙门官员,对朝廷都敢糊弄,对老百姓又会怎样?不杀天下必无宁日!"

当老僧知道当地官府衙门官员遭满门抄斩之祸,且灾祸源于自己时,自觉愧对"普度众生"之佛祖宏愿,愧疚难当,投河自尽。

年年岁岁,"桃花依旧笑春风"。但"猴魁"自老僧投河那年起便从人间绝迹了。

骗购圈套

孤老头老旺养的那头种猪不知是啥品种，特别能吃能喝，而且，由这畜牲配种生的猪仔，个个肥头大耳，售价特高。鲁镇一带农家养的母猪，都竞相到老旺这里来配种，其他养种猪的人家生意则日渐清淡。因此，不少人都想高价购买老旺的这头种猪，有人开价甚至高达五万，可他只咬死两个字"不卖"。

坑蒙拐骗高手二歪从中看到了商机。他把老旺的远亲近戚关系了解得一清二楚，又掌握了老旺迷信、贪酒的底细后，提着大包小包礼物来到了老旺家，开口就喊老舅爷。

老旺老眼昏花，认不出也记不清有这么个远房亲戚，便胡喊冒答应，收了二歪的礼物。

攀亲"叙旧"过后，二歪一定要请老旺到鲁镇最高档的"天一方"酒店吃饭："多年不见，您老人家总该接受后辈人的一片孝心吧？"

给人性一个答案

老旺见二歪已经掏出了一瓶五粮液,心里发痒,就坐上二歪的农用车,来到了"天一方"。

两人进雅座坐定点菜。趁点菜的工夫,酒店服务员趁机夸耀,说"天一方"菜肴味绝一方,许多大人物都不惜驱车百里,专程赶来品尝美味,本县的前任县长就是其中之一。老旺问:"那家伙吃喝嫖赌贪,不是几年前事发跳楼了吗?"

服务员说没错,前任县长在世时,还光临过这个雅座呢!

酒菜上桌后,老旺和二歪痛饮的同时,话题还停留在前任县长身上。老旺虽贪酒但酒量不大,眼看已经有几分晕乎了。晕乎后的老旺正痛骂贪官县长时,二歪的手机响了。通完电话后他把手机放在桌子上,话题也变了:"见过这种手机吗?花五万块钱买的!"

老旺年过七十了,没买过用过手机,但价格还是听别人说过的:"不会吧?听说千儿八百块就能买个手机。"

"嗨!千儿八百块的手机有几个功能。"二歪神秘兮兮地说,"我这手机是从武当山一个百岁老道士手里买的!那老道神通广大,对着手机念过七七四十九天经。这一来,手机的功能可就大不一样了!我这是通阴电话!"

老旺来了兴致,问什么叫"通阴电话"。

"通阴电话,就是与阴间通话的电话呗!"

老旺将信将疑:"能与阴间的人通电话?"

"那当然!"二歪按了几下按键,把手机交给了老旺:"刚才我们不是说到前任县长吗?现在用我的手机就能与他通话,你拿着听听。"

127

老旺接过手机，模仿着别人的模样"喂"了几声，真的有回音！他惊奇不已，问道："你真的……是前任县长？"

"没错。你找我有什么事？"

老旺眼睛瞪直了，一时不知该说什么："你，你你已死去多年，如今……"

"如今呐，我自由自在，无拘无束，日子过得舒心透了！"

这等贪官，应该下地狱的，怎么还过上舒心日子了？相信生死轮回的老旺真想问个清楚了："你没受炼狱之苦？"

"没有没有——我现在用不着为工作操劳，也不用担心纪委调查。每天有人送吃送喝，我想吃就吃，想睡就睡。吃饱睡足了，还有人把一个又一个性感女郎、时髦小姐白送给我享受呢！"

老旺越发想不通："这么说，你不是在地狱，而是在天堂？"

"不，我早已托生投胎，现在是你养的种猪呀！"

老旺头皮一阵发麻，傻了，对二歪说："他他他，他说他如今是我养的那头种猪！"

二歪装作大惊失色的样子，拍大腿惊呼："哎呀呀呀，想不到啊！想不到他竟然托生成了你养的种猪！这这——你赶快问问他，看它对你是凶是吉！"

老旺便颤抖着问。对方答道："凶吉还说不上，不过三天后我的阳寿就到了，那时我会暴病而死。只要时辰不错，我将进入极乐世界，也就是真正的天堂。对你不利的是，我

给人性一个答案

一死，你就要破财啦。"

——与老旺通电话的是酒店服务员。二歪事先与他串通好了，一起设圈套来骗购老旺那头种猪，倒卖赚钱的。

蒙在鼓里的老旺没了主意，他把手机交给二歪，不住嘴地独自念叨"这可咋办"。

二歪见老旺已落套，试探着问："是不是赶快寻个买主把那种猪卖了，要不你可就破大财了！"

酒劲儿已经发作，晕头晕脑的老旺犹豫再三，最终还是上当了。他拜托二歪帮忙，找个人家把种猪转买了，"五千元就成交！"

二歪窃喜不止，丢下碗筷，随老旺返村，牵猪付钱。

在路上，两人又议论起前任县长即将升入天堂的事，都愤愤不平，都说老天爷不是发昏了就是受贿了……

走到一个生猪屠宰点时，老旺突然要二歪停车。下车后，他喊了个屠夫跟他走。二歪问这是干什么，老旺恶狠狠地说："不卖了不卖了——我要宰了那畜牲！"

二歪一愣："为什么？"

老旺义愤填膺道："那畜牲泄了天机——三天后赶上时辰，它就要升入天堂。老子要破了它的时辰，让它下地狱！"

风雪工棚宴

别人都回乡过年，与家人团聚了，唯独农民工老郝还在工地值班，图多挣几个钱。

入夜，滴水成冰。基建工地的工棚里没电视，刚过八点老郝就准备上床了。工棚里四面透风，尽管有个小煤炉，但"室温"仍在零度上下。上床前，老郝要喝几口酒暖暖身子。

下酒菜不成问题，晚饭还剩有小半碗水煮萝卜；酒更不成问题，床头还有两三瓶。

西北风裹着雪粒儿敲打在石棉瓦上，叮叮咚咚地响。在这音响的伴奏下，老郝开始自斟自饮，一扬脖就灌下了三分之一瓶。

二十年前，外出打工之初的老郝是不喝酒的。由于他干的活极耗体力，光吃白菜啃馍馍顶不住，就学其他工友的样子，每天喝几口酒。慢慢的老郝从起初的每天喝几口，逐渐

给人性一个答案

具有了每次喝一瓶不醉的水平。工头从不反对老郝喝酒——酒精是高能燃料，喝了酒，他这个干苦活的机器就有使不完的劲儿。"一年三百六十日，一日需饮三百杯"，李白豪饮图的是神仙境界，而老郝喝酒则是为了挣钱养家糊口。老婆是残疾人，儿子是老家重点高中的尖子生，明年就要考大学，等着用钱呢！

就在这时有人敲门。进门的竟是鸿图公司的老总！鸿图公司是这一带最大的企业集团，老郝所在的基建公司不过是其麾下的一个芝麻子企业。

老总身后，还跟着他的儿子。

老郝吃了一惊，结结巴巴地问老总前来有啥事。

老总说自己和儿子在外面散步，见雪下大了进来躲一阵儿。"你在独自喝酒啊？"

老郝难免紧张，前言不搭后语地请老总到煤炉边暖和暖和，喝杯酒。这原本是句极不得体的客套话，可老总竟欣然落座了，而且还让他儿子也落座了！

这一来老郝就后悔自己多嘴了：自己喝的酒，哪能用来招待老总呢？

那酒，恐怕是世上最便宜的酒了：二十年前一个小酒厂倒闭，拿酒抵债给一家小超市。由于酒质低劣，小超市两块钱一瓶出售，但除了老郝这帮农民工外还是没人买，至今还压有存货。

这样的酒老总能入口吗？人家是亿万富翁，茅台、XO，什么样的酒没喝过？眼下他屈尊落座，难道就用这样的酒款待？老郝慌了手脚，准备狠狠心，去买些拿得出手的酒菜来，而老总却已摆开了喝酒的架势，说："你吃啥我吃啥，你喝啥我喝啥！"

老郝抓耳挠腮时老总已将他拉坐在凳子上了："加两双筷子就行，我和我儿子今天和你同甘共苦！"

老郝心里一阵发热，赶快添了筷子酒杯。

老总一点儿都不挑剔，端起酒杯就是一口。那酒又苦又辣，喝下一口后老总自然是龇牙咧嘴，但他却示范性地举着杯子对儿子说："今晚天冷，你也喝几杯！"

儿子翻了他一眼："平时，你不是禁止我喝酒嘛！"

老总眼珠子一瞪："平时你常偷着喝我的酒，今晚这酒你怎么就不喝了？"

儿子犹豫了一阵，端起酒杯抿了一口；可那酒刚挨到舌头尖，他的五官就紧急集合到了一起，"呸呸呸"地直往外吐。

老总发怒了，一拍桌子道："喝干！"

儿子只得闭上眼把那杯酒干了，而后捂着肚子说："哎呦我的妈呀……"

老郝见小伙子难受的样子于心不忍："老总，我还是到外面买些酒菜吧？"

老总说："我说过，今晚你吃啥我吃啥，你喝啥我喝啥！"

说完他再斟上酒，又对儿子说："这酒，让你喝个够！"他用筷子夹了一片带着冰碴子的水煮萝卜放在嘴里咂巴，并示意儿子也吃，"品品，感觉感觉滋味。"

老郝觉得他这话话里有话，不敢再插嘴，只好陪着一杯一杯傻喝。

不错，老总的确是话里有话：儿子从上中学起就整天泡网吧，后来干脆自动退学了，说反正鸿图公司和亿万家产早晚都是自己的，还沾染上了毒瘾……到这时候，老总才意识到真正的财富是孩子、儿子不管教不行了。他苦口婆心说教不管用，听说"吃苦教育"有效，才带着儿子来到了工棚，让儿子现场体验，"忆苦思甜"……

三个人刚喝完一瓶酒，老总爱人就打手机过来，说家里有急事。酒席随即散场。

走出工地后，老总突然感到头疼恶心，儿子说也有同感，说着说着儿子便扑倒在地，口吐白沫了！紧急拨打120，救护车风驰电掣赶来……经化验得知，他们喝的酒是用纯正的工业酒精勾兑的，有毒！

父子二人因抢救及时，好歹还没丢性命。

老总离开后，老郝在干什么？他独自又喝了半斤，而后暖和和地上床，很快就进入了他熟悉的、儿子高考高中的梦境。

二十年下来，这种酒他累计已喝有两三吨了。没事。

家有宠物

高远家养的宠物是只袖猴。

袖猴产于亚热带密林，以小见长，越小越金贵。有的成年袖猴只有拳头大，能在人的袖筒里面钻进钻出，因此称之为袖猴。古时的闲人雅士们就喜欢豢养这物，图的是消遣取乐逗趣。袖猴不但乖巧伶俐、善解人意，而且能帮人做事儿。它爱钻进笔筒里睡觉，主人写字作画时就唤它出来磨墨。它用两条胳膊搂住墨锭，围着砚台飞快地左旋右转，不久就能磨好墨汁。主人书写完毕，如果剩有墨汁，它还会伸出小舌头将砚台舔个干净。古时没空调，天寒地冻时，闲人雅士们就用袖猴来取暖：白天捧在手里暖手，夜里用它暖脚暖被窝……

高远家的袖猴，是夫人费尽周折才买到，作为礼物送给高远的。

当初，初出校门的研究生高远雄心勃勃，怀着一种神圣的使命感和胸有成竹的自信，立志要在科研领域干一番大事业，竭尽毕生精力，竖起一座人类文明史上新的里程碑。但高远出身贫寒，迫于经济压力，他进了一家大公司，目的在于挣钱应对眼前窘况。

高远不但博学，而且高大英俊，玉树临风，进公司不久，就得到公司老总千金的垂青，很快便成了老总的乘龙快婿。

而夫人并不希望高远在学术上有什么建树，倒是希望他永远是自己身边一只乖巧的猫咪。因此，老总便将他调离繁忙的技术岗位，换了个高收入却又无所事事的位置。薪水高低对高远来说已经无所谓了：夫人的账户上有他几辈子也花不完的钱。

婚后，高远很快发现自己从一个生活层面跨进了另一个生活层面，从一种生存状态跃升到了另一种生存状态。过去单身时买饭吃，他常常为省五角钱而费尽心思，而现在餐餐面对的是山珍海味。喝"茅台"不合口味儿，夫人马上就给他换"路易十四"，为品尝一餐时令菜肴，老总曾带他乘飞机往返上千公里……他再没有功夫钻研学问了，每天都要陪着夫人出入商场、赌场、舞场、酒场……

生存状态的变化令高远目眩。冷静下来体味，他感到自己的生命在被世俗氧化着，被纸醉金迷的生活腐蚀着。

天长日久，他对夫人道出了对这种生活的厌倦。夫人很是吃惊：人活一辈子图什么？不就是图高品质的生活，吃喝玩乐逍遥自在嘛！高远又道出了自己的理想抱负。夫人便说他迂腐透顶,科研成果也好、学术地位也好,都是可以用钱买到的:"等别人出了成果,我们出钱把它买过来,贴上你高远的标签得了,何必吃苦受累、劳心伤神作践自己?"她说这种事不乏先例,很多学术名人都是如此成名的。

到这时候,高远才发现自己与夫人之间,有一条难以逾越的人生观、价值观的鸿沟。而且,整日被情意绵绵的夫人藤一般缠着,他没有办法也不忍心摆脱,无奈时默诵起宋词来,但改了其中一个字:"这次第,怎一个'烦'字了得!"

那种烦,"剪不断,理还乱"。"才下眉头,又上心头"。"欲说还休、欲说还休"……

体贴入微的夫人为高远发愁,想着法子要使他高兴,这才重金买了只袖猴供他消遣解闷儿。

刚买来的袖猴刚断奶不久,只有鸡蛋大小,浑身覆盖着金黄色的细毛,两只眼睛黑亮黑亮的,玻璃珠子似的骨碌骨碌打转,永不停歇地围着高远闹腾。

袖猴虽天生娇小,但若任其生长,能长得比猫大,那就不怎么招人喜欢也不太金贵了。卖猴人教有一个限制其长大的诀窍:禁止它喝水,以水果代之。

可是,如何才能禁止它喝水呢?袖猴灵巧异常,见人喝水必然要模仿。在这方面夫人要聪明得多,她把杯子里倒上水,故意引诱袖猴也学人的样子喝——给袖猴的水里面放有大量的盐巴和白矾。

袖猴不知有诈,捧起水杯闭上眼睛就往嘴里灌。那水又

给人性一个答案

咸又苦又涩,害得袖猴喷吐不及,难受得抓耳挠腮、"叽叽叽"大叫大嚷。如此反复多次,袖猴就害怕水了,再逼它喝水时,它就咬紧牙关,摇头晃脑表示拒绝。

这以后,袖猴见了水就躲,口渴时便吃水果。

夫人乐了:"这小家伙怕是永远也长不大了!"

夫人捉弄袖猴的手段使高远出了一身冷汗:在老总和夫人眼里,我何尝不是一只袖猴?不同的是,他们限制我"长大"的办法,是禁止我饮用志向之水,进而习惯于庸俗、堕落于世俗。

终于有一天,他鼓足了勇气对夫人说:"我们的缘分该画句号了……"

致狗发疯的地方

被烟波浩渺的南海波涛围困的、半个足球场大小的岛礁。

那里高湿、高温、高盐分——夸张点儿说：一把空气里半把是水、半把是盐；不夸张地说：中午把温度计放在地上，两分钟内准会自爆。岛礁由珊瑚虫尸骸、贝类碎屑沙砾和岩石形成，无淡水、无泥土、无植被、无居民，甚至无任何陆生生物。

但那里是中国的"主权之海、命脉之海、多事之海、高危之海"上的镇海锁钥，因此有7名战士守卫。

对于这些战士来说，严酷的生存条件尚可忍受，不能忍受的是岛礁上极端的孤独寂寞：除了再熟悉不过的几个老面孔，就是再熟悉不过的无休无止的西太平的波涛——"一只狗被弄上岛礁三个月就疯了"绝非杜撰。

然而，守卫祖国南大门的这些战士，日子却一如既往地过得有滋有味。训练、执勤、搞内务从来都生龙活虎。

给人性一个答案

冯军就是从不孤独从不寂寞的。他的孤独和寂寞从上岛礁开始就被甜蜜的向往滋润得花红柳绿。

这源于班长。班长与其他战士不同的地方，是隔三岔五就会收到一封注有"内详"的信。不用猜冯军就知道，这样的信是情书。

情窦初开的冯军对爱情充满五彩缤纷的幻想，他如饥似渴地想看看班长的情书，从中学点"经验"啥的。可是，班长把情书锁在一个小铁盒里，谁也别想偷看一眼。

不过，班长对自己的爱情故事倒是毫不吝啬，谁想取经求教，训练、执勤完毕后只管竖直耳朵，保证大饱耳福。提起貌若天仙的女友，班长总是眉飞色舞，说得又详细又生动：怎么怎么暗送秋波了，如何如何骗得一个香吻了……战士们听得如痴如醉，一个个都如同身历其境、飘飘欲仙。

面对无边无际的南海波涛，静静地听班长讲他的爱情故事，那真是人生最大的享受。冯军每次听了，心里都痒酥酥的，越发对班长的情书想入非非。班长的爱情故事如此浪漫，恐怕仅仅还是"冰山的一角"，情书一定写得更浪漫、更让人惊心动魄——那上面到底都写些什么？花前月下时？灯火阑珊处？想你，想到柔肠寸断？爱你，爱到海枯石烂……

终于有一天忍不住了，冯军看高脚屋营房里无人，就悄悄从班长床底下翻出了那个小铁盒。正当绞尽脑汁，研究如何不留痕迹地把小铁盒的锁弄开时，一只手突然搭到了肩上："你想干什么？"

139

回头一看是班长冯军慌了:"我不过、不过是想学习学习……"

班长一把夺过小铁盒,发出严厉警告:"这是私人贵重物品,擅动可是侵犯他人隐私权的!"

冯军从此再也不敢轻举妄动,只能继续听班长的爱情故事来解馋了。

转眼间班长退伍,由冯军接任班长。

工作交接完毕,班长神秘兮兮地说:"还有一件岛礁传家宝,我也交给你吧。"

冯军万万没有想到的是,所说的传家宝,竟是冯军梦牵神绕的小铁盒!

班长把小铁盒和一把亮晶晶的钥匙交给了他:"你不是一直很想看这里面的情书吗?现在你只管看!"

冯军迫不及待地打开小铁盒,一看,里面写有"内详"的信封倒不少,可信纸上哪有谈情说爱的内容?他半天醒不过神来:"你这是,你这是……"

班长苦涩地笑了:"不怕你笑话,我还没有女朋友,也从没谈过恋爱。我跟大家讲的那些爱情故事,有些是书上看来的,有些是我自己的幻想瞎编的。"

"啥啥啥?"令人羡慕多年的班长居然没有女朋友?居然从没谈过恋爱?冯军死活不相信。

班长只得说出了这个岛礁的"礁史":

从第一任班长开始就立下了一条规矩,叫做"岛礁军规"。内容是前一任班长退伍回家后,必须给下一任班长写来"内详"的"情书"。以后这条"军规"就沿袭下来,每一任班长退伍或调离,都会自觉地把"传家宝"交给新任班长,一任接一任往下传,并为继任者写"情书"……

"这不是……不是望梅止渴吗?"

"想想那条上岛礁三个月就疯了的狗吧——对于身处'海上戈壁''生命禁区'的战士,不'望梅'行吗?"

班长走后,当送淡水、给养的海船来到时,冯军时常会收到写有"内详"的"情书"。每当训练、执勤完毕,他就会被其他战士团团围住,津津有味讲述自己的爱情故事,讲得眉飞色舞、感天动地……

最牛班长

新兵连三班的新兵蛋子都爱吹牛,刚到一起就互相攀比,谁家有轿车、谁家有洋房、谁爹是什么官,一个更比一个牛。因此,该班被称为"牛皮班"。

老兵二牛到这个班当班长,被称为"牛头"。

这一天,吹牛冠军、新兵柱子又在吹他家的小洋楼时,见班长来到了身后,慌了:"班长,我不过是……给大家提提神儿。"

班长说:"家里富裕是好事,继续吹,让我也开开眼。"

柱子打死也不说,而班长却来劲了:"你们呀,没见过世面!小洋楼算个屁?我家不算富,也就有几片农庄、果园花园、别墅就一栋,游泳池还不到一万平米……"

新兵蛋子们面面相觑。班长更加得意:"知道什么才叫有钱吗?用秤称,论斤,见过吗?一把一把地烧钞票,见过吗?"

给人性一个答案

柱子瞪大了眼："用秤称、烧钞票……谁这么有钱？"

班长一拍胸："我妈！"

柱子惊得直吐舌头："你妈当的什么官？"

班长说："我妈没当官，我爹当官。只要我爹一声令下……知道我爹是什么官吗？"

柱子抢答"镇长。"

"镇长算个屁？"

另一个新兵蛋子问："该不会是县长吧？"

班长一斜眼："县长不过是个七品芝麻官！"

小广东急了："难道你爹比师长还大？"

班长谦虚起来："大不了多少，不过现在离休了，可人们还叫他司令。"

天哪，班长是高干子弟！新兵蛋子听呆了，柱子佩服得五体投地："班长，你家的游泳池那么大，你游泳一定很厉害了？"

班长牛气冲天："那当然，我还得过游泳金牌呢！"

柱子心悦诚服："哇——班长好厉害好厉害，再不敢比啦！"

从此，新兵蛋子对班长服服帖帖，说一不二。都在私下议论，说班长家如何如何有钱、农庄有多大多大、别墅怎么怎么讲究、他爹指挥过千军万马……

那天，班长带新战士训练路经一个水塘，突见一个小孩落水，转眼间就只剩下一个脑袋在水面上了。班长大喊："谁会游泳？快下去救人！"

新战士里没人会游泳,谁也不敢下水。柱子壮起胆子说:"班长,你不是说你家有游泳池,还得过游泳金牌——不会是吹牛皮吧?"

班长愣了一下:"嗨,一着急,连我自己会游泳都忘了!"说完,他一个猛子扎入水中,也许是想趁机显示一下他的潜水绝技,下水就不见了,好像是用脑袋顶着小孩,一点点往岸边靠拢!

新战士们七手八脚把小孩拉上岸,却不见班长钻出水面,柱子说:"班长潜水功夫好生了得,我算彻底服了!"

过了许久仍不见班长浮出水面,战士们这才慌了神,惊呼起来。

班长就这样"走"了。

班长不是得过游泳金牌吗,怎么会淹死了呢?新兵蛋子们都十分纳闷。

班长是救小孩牺牲的,是英雄。上级给予通报表彰后,决定由连长亲自把骨灰盒送回班长家乡。

连长刚调到这个连队,对"牛头"班长不太了解,只听战士们议论过班长的"牛气",心里早有疑团,也想趁此机会揭开这个秘密。

到了目的地一看连长就发蒙:班长家乡地处山区,并不富裕甚至说很穷。他家门前有个近万平米的鱼塘,一米多深,几个小孩正玩"狗爬"。雷连长明白了,这恐怕就是班长所说的"游泳池"。乡亲们说,小时候,班长是这水塘里的"娃娃头",得过孩子们颁发的"金牌"。原来,班长根

给人性一个答案

本就不会游泳!

　　班长的爹真的当过官,全村老老小小都叫他司令,不过,那是羊倌、"羊司令"。所谓农庄、果园、别墅、花园,不过是班长探亲回家时画的"远景规划", 如今还挂在墙上,说是将来复员后要逐一实现……

　　连长亲眼看见,班长他妈确实一把一把地烧钱,就烧给新逝世的儿子。不过,她烧的是纸钱。那种纸钱在当地是用秤称,论斤卖的。

　　班长儿时的伙伴告诉雷连长:"他从小就爱吹牛,说长大要当英雄,我们还讽刺、挖苦他,说你要是当了英雄,全世界就没有狗熊了。没想到,他还真的当了英雄!"

　　连长刚回到连队,几个新战士就跑来打探消息,柱子迫不及待问:"班长家是不是有农庄、果园、别墅?还有游泳池?"

　　雷连长斩钉截铁回答:"是!"

　　柱子仍追问:"他是不是得过游泳金牌?他妈是不是一把一把地烧钱?他爹……"

　　连长还是坚定不移回答:"是!"

　　柱子突然放声大哭:"班长,我对不起你啦!你说的都是实话,我说的全是假话。我怕别人看不起我,就说我家有什么什么,其实,什么也没有!我是瞎吹牛的啦!"

　　连长一拍桌子,气壮山河来了一句:"哭什么?该牛还得牛!你们那点牛气算个屁?告诉你们,'牛头'班长的'牛气'是一种理想,一种骨气,一种对未来生活的向往!他的'牛气',正是我们这个时代需要的英雄侠气!"

鼠　辈

　　大胖、小凤我们三个生物系的同学都是绘画爱好者，星期天结伴到野外写生。

　　"秋风起兮白云飞，草木黄落兮雁南归"，正是野外写生的好时节。我们写生的地点选在一个衰草遍地、灌木丛生的小山丘上。

　　在这里，可以俯瞰到被树木掩映着的村舍、在阳光下静静流淌的小河，还有晾晒在小河旁彩旗般随风飘扬的衣物。

　　各自选定一个地方做写生准备。就在这时我突然发现了一只很大却又很瘦的田鼠，它从不远处一个小土包上直奔我而来。到了我脚下它竟然不绕开，迅速打了个滚儿，小眼睛看着我，肚皮朝天"叽叽"叫起来！

　　我的惊奇迅速变成了惊恐，急喊大胖和小凤。大胖和小凤围过来那鼠仍不逃遁，还是保持着原来的姿势"叽叽"叫！

给人性一个答案

真是怪事！大胖起脚就要踩。小凤却制止了他："它乳房好大，是只母鼠！"

"母鼠又怎么了？这家伙一定是得了突发性精神病！"大胖蹲下用一根小棍捅鼠。

那鼠一翻身回头又朝小土包跑，却是跑跑停停，回头看我们，像是在招呼我们随它走。

我们不明白这家伙在搞什么名堂，好奇地跟着它来到了那个长满荒草、坟堆般大的土包旁。那鼠到小土包上就耸起了毛，上蹿下跳、"叽叽叽"地叫了一阵，然后突然钻进一个洞穴中去，顷刻间就叼出一个小鼠来。小鼠是刚生下来不久的，还没有毛、没睁眼，也不会跑。

那鼠把自己的鼠崽子放到地上，又叫着朝小土包的另一方跑；但是它只跑了一半就折回来，又跑了一半又折回来。

这是怎么回事？看着它那慌里慌张、鼠窜不停的样子，我们三人越发迷惑，就绕土包察看——土包另一方的草丛中潜伏着一条蛇！

那蛇的脑袋正对着鼠穴的另一出口，分叉的舌尖不住地窜动着，像红色的火苗；蛇的身体有小香肠粗细，红一圈、黑一圈；它的身体有两处格外粗，像是鼓了两个包，而且，那两个包还在不断地蠕动……

到这时我才似乎明白了：田鼠的窝遭到了蛇的袭击，两个鼠子已被吞食；母鼠不能抵御，只好向我们求救，以保护其他鼠子。

若不是亲眼所见，谁也不会相信鼠有如此高的智慧！

眼下需要马上作出的抉择是：救鼠还是置之不理？

大胖说："鼠是人类的敌人，蛇吃鼠符合人类的利益。"

小凤却要我和大胖保护母鼠和它的子女："它是一个多么伟大的母性啊！为了保护自己的子女，它冒死向我们求救，我们能见死不救吗？"

我的心里很矛盾，觉得他们说得都有道理：鼠祸害人间，实在可恶。连小孩子都知道老鼠过街，要人人喊打。但是，母鼠为子女所表现出的大无畏精神又实在令人感动，弱小的生命被吞食也实在残忍，作为强者，我们应该相救。

大胖正在向小凤求爱，见小凤态度那么坚决，就问我该怎么办。

看着仍在"叽叽"叫着向我们求救的母鼠，我的确拿不定主意，说："那就看，就看小凤……"

小凤说："你们平时不是口口声声倡导博爱么？只有恶人才没有怜悯心！"

大胖就拣起一块石头向蛇投去。蛇受了惊，转过头，匆匆向草丛深处窜去。那鼠绕着我们转了一周，叼起它的崽子钻进洞穴中去了。

不知为什么我们都没心思写生了，拿出食物野炊，之后就下山回城。小凤说："今天这事回校后都不要向别人说——说我们救了一窝老鼠，不遭人耻笑才怪！"

大胖自嘲道："我们被老鼠战胜了，被老鼠利用了！圣人云：君子性非异也，善假于物也。由此说来，老鼠是君子，我们是鼠辈小人了。"

给人性一个答案

绝世奇术

在海外打工期间,我与老k相识了。也许是见我略懂英语,又会几招中国功夫的原因吧,老K高薪聘我到他手下做事。当我知道他是当地黑社会团伙的老大时,已经成了他的贴身保镖,难以自拔了。

老k是个目空一切的家伙,全世界他只佩服一个人,那就是他最初起家时的搭档安德烈。一说到安德烈,老k就是一脸的肃然起敬:"我这兄弟不同凡人,十分了不得!"

我问安德烈如何个"了不得"法,老k就开吹了,说安德烈从十五岁起就混迹黑社会,二十年间,他抢过银行杀过人,被抓进不同地放的监狱多次,每次进去三两个月,养足了精神就又出来蹦跶了!特别是今年初,安德烈被抓进去后判了死刑,进出死牢都带着手铐、脚镣,可临刑前半个月,安德烈又神不知鬼不觉地出来了,至今仍逍遥法外。

我问:"安德烈用的什么招数?"

老k说："他身怀中国的江湖绝技——软骨术！"

所谓软骨术，就是施发内功使自身骨骼软化，软到没骨头一般。这样，手铐脚镣、牢笼的铁栏门都不起作用了。由此说来，安德烈还真是不同一般，什么时候能见识见识呢？老k说："我兄弟这次出来以后，行踪不定，但山不转水转，说不定什么时候就转到我们这里来了。"

安德烈在黑道上是个响当当的人物，到谁的地盘上谁就会主动管吃喝接待，高接远送。说真的，我想拜他为师，学一手旷世绝技。

这天市电视台播广告，说是巴剌公司开张营业，公布了联系电话。老k看了这则广告，一拍大腿道："我安德烈兄弟到本地了！"原来，那广告是安德烈同黑道联络的暗号。

老k当即拨打手机，要为安德烈接风洗尘。

我陪同老k在一个豪华餐厅拜见了安德烈。这安德烈人高马大，西装革履，与老k称兄道弟，亲热得不得了。他们开怀畅饮，酒喝到八九成时，老k说道："老兄，闯荡江湖，你我都是三十几的人了。我这一辈子什么都不缺，只有一件事未遂心愿。"

安德烈的舌头也已经有些不灵便了："需要帮忙的事你只管说。"

老k突然单腿跪地，双手倾杯过头说："江湖上盛传老兄您身怀软骨绝活，因此屡屡化险为夷。小弟想求老兄传授一二。"

安德烈扶起老k，笑得前仰后合："盛名之下，其实难副。传说有诈呀！"

老k眨巴着眼问："可你被关在号子里，戴着手铐脚镣戴，是怎么从铁栏门里溜出来的？"

"你我兄弟一场，不瞒你说。"安德烈眉飞色舞地抖出了自己最后一次逃脱的秘密：

作为死刑犯，安德烈被单独关在看守严密的"小号"里，门外有人看守，铁门上只有一个能塞得进碗的洞，根本不可能逃跑。一天，本看守区的区长进"小号"来察看，安德烈乘机悄悄对他说："兄弟，我判了死刑，没几天日子了。我有一百万块钱，留给你，交个朋友吧！"

区长没说什么，神色有几分吃惊和怀疑。安德烈又说："我几十年杀人抢银行，没挥霍完的钱都装在一个罐子里，埋在本市市郊的地下，你去把它挖出来。"区长额上沁出了汗珠，还是没说什么，但临离开时，悄悄往地上丢了一支笔、一张纸。通过区长的举动，安德烈已经看透了他的心。三天以后，区长又独自来到"小号"，还送了些点心。安德烈心领神会，将已经画好了的一张巨款埋藏地图交给了区长。十天后，区长再次来到"小号"，说市郊搞基建，地形地貌发生了很大变化，巨款没有找到。安德烈说："你如果带我出去一趟，准可以找到。只要两三个小时就可以了。"区长犹豫了一阵，最后还是同意了。那天深夜，区长和看守串通一气，让安德烈穿上警服，悄悄离开了监狱。出了监狱，安德烈就寻机溜掉了。埋藏的一百万巨款纯属子虚乌有！"早先的几次逃脱，爷儿们也用的类似手段。"

老k听得目瞪口呆:"这么说,你并没有施软骨术的功夫?"

"怎么没有?"安德烈得意地笑着,"不施软骨术,他们能老老实实听我调遣!老弟,这一招灵着呐!悠悠万世,普天之下……"

话一说破,我对安德烈又失望又敬佩。

不料,第二天警察在街道上发现了被通辑的安德烈,逮捕他时,安德烈开枪拒捕,被当场击毙。

给人性一个答案

朋友，你到过黄河吗

　　每次途经黄河到北方出差，我都要寻机会拍摄几张中华民族母亲河的照片，其中既有黄河在夏日里的一泻千里，也有其在冬季里的"顿失滔滔"；既有表现黄河"如丝天上来"之悠远的，也有表现其"奔流到海不复回"之雄浑的……几年积攒下来，这些照片已有近百张，我这个摄影爱好者足可以举办一次个人摄影作品展了！而我的老师、一位老摄影家却说我的作品缺乏传神之作、点睛之笔，建议我再增拍几幅壶口瀑布的照片。

　　正巧单位派我到陕西出差，距壶口不远。但办完公事后出差期限已到，我冒着受处罚的危险，这天天还没亮就上了长途汽车。好心的乘客让我在途中一个叫丫岔口的地方下车，说通常下车就有机动三轮车开往壶口，15块的车费。

　　太阳尚未出来，早春时节的西北风吹在脸上，火一般灼人。下车却没见一辆机动三轮，只有辆毛驴拖的板车。我只好去向车主打听。

"天太冷，到壶口的机动三轮上午十点以后才会有。"那是个年近五十的汉子，一身陕北农民打扮，鼻子冻得像个红萝卜，挂在额下摇摇欲坠。"你要是不愿等，就坐我的车到壶口。"

"你的毛驴车……也跑运输？"

"到壶口是烂泥巴路，眼下路面了结冰，我的驴不比机动三轮跑得慢！"

为争取时间和少挨冻，我打算就坐他的毛驴车，问："单程多少钱？"

"机动三轮15块，我只收14块。"

反复讨价还价，他咬死少13块不干，而且必须先付钱。我只得依他，打开密码箱取钱付款。我取钱时这穷汉躬着腰朝密码箱里窥视，蛙一般地鼓着眼珠子。

启程后他牵着驴一路小跑着，一边啃干馍馍。那馍馍大概被冻硬了，他啃馍馍时像咬核桃一般吃力。我问他为什么不在家吃早饭，他说自己清晨六点就来等客，来不及吃饭："儿子在读高中，老婆正生病，都急等着要钱哩！"

话匣子一开，他就没完没了地介绍起自己的身世来：文化大革命开始时他正读高二，大学梦破灭了；之后就上山下乡到丫岔口，并且同当地的农家姑娘结了婚；后来一新建"三线"厂招工，他成了第一批建设者，扛沙石背水泥，"大干加苦干，一天当两天，月亮底下当白天，小风小雨是好天"。月工资二十几块钱，又没奖金，豁出命为祖国献

给人性一个答案

青春。工厂建成了拼命干工作，年年当先进，指望老婆解决"农转非"进厂，谁想到这一天还没盼到自己先下岗了，"牛郎会织女"，回丫岔口与老婆团聚。每月一两百块的生活费难以养家糊口，又没本钱买机动三轮，就买头毛驴拉客维持生计。他说自己下岗后第一个"五年计划"是力争攒些钱，买台机动三轮……

我说人生嘛，总会遇到些沟沟坎坎。

他便苦笑："嗨！倒霉的事情全让我赶上了，正发育时闹饥荒，正读书时下了乡；正青春时出苦力，正能干时下了岗！"

我问："职工下岗这做法，好吗？"

"怎么说呢？——不这么办，国营企业难找到出路。就好比机动三轮拉客，严重超载了，不下来几个人跑起来会翻车的！"

前方响起了绵延不断的沉雷般的轰鸣。他告诉我壶口瀑布到了，也没路了，要我步行走过去。我嘱咐他原地稍等，返程还搭他的车，然后抓起照相机就朝壶口瀑布跑去。

好一个壶口瀑布——容纳了丰沛雪水的黄河从北漫漫涌来，到此河床突降，河水天塌地陷般跌落，呼啸着倾注于一狭窄的石潭中。那水先以掀天揭地之势腾起，然后翻着泡沫，浩浩荡荡涌往云霞斑斓处。

我的心颤抖着，举起照相机连续拍摄。

当我离开壶口瀑布去找那汉子时，人不见了，驴和车也不见了！我顿时出了一头冷汗——我的密码箱还放在车上、

社会万花筒之中国微小说系列丛书

箱子里装着三万多块现金哪!

正在我呼天不应、喊地不灵时,那汉子赶着毛驴车从一条沟里奔过来,满头大汗地指着驴骂。他说,驴惊着了,蹿到山沟里去了。说完,他又指着密码箱让我数数钱,看少不少。

我却没理会密码箱,郑重地为他拍了一张以壶口瀑布为背景的全身像。

我的摄影作品展举办时,有朋友为那组壶口瀑布的照片提了诗:后有峰和壑的嘱托,前有日和海的诱惑。在绝望和有望之间千折百回寻路,叹息或咆哮都是永不沉沦的歌……

喜　鹊

春天，妻子在院门外捡到只受了枪伤、口黄还没褪净的小喜鹊。喜鹊——蓝天白云间的精灵、能给人家带来吉祥喜庆的天使啊！

我为它治伤，捉青虫喂它，到夏天，这只小喜鹊已长成大喜鹊、伤口也就要痊愈了。我担心它日后会飞走，就剪去了它翅端的羽毛，每天放养在院子里。自从有了这只喜鹊，我心里常涌出一种喜事将至的预感。尤其是清晨被喳喳喳的叫声唤醒，睁眼看到它站在窗台上、初阳在窗玻璃上喷溅时，我就觉得自己的整个家，都被光焰无际的吉祥笼罩着。

它有许多招人喜欢、让人爱怜的习性。喂它食物时，它总是先迫不及待地吞咽几口，而后就匆匆把剩余的叼走，藏到墙缝中或扫帚下面，用树叶掩盖好。据鸟类学家说，收藏食物是喜鹊的天性，否则冬天会挨饿。而这只喜鹊的"深谋远虑"则是可笑的——在被豢养的环境中，还用担心挨饿吗？它夜里一定要栖息在院内的小树上，刮风下雨也不例外。若是把它放进盒子里它会又叫又跳，闹腾一整夜。有天夜里我听到它在院子里嘶叫扑打，忙拿电筒奔出屋子，见它正同邻居家的老猫死拼。赶走老猫后，发现它竟然只受了点轻伤，而邻居家说老猫被啄瞎了一只眼！我担心过后老猫会来复仇，夜里就把它强塞进屋檐下的木箱里；木箱留有个只容得它出入的小洞，夜里用木板堵上。起初它夜里闹腾得很凶，可闹了一些日子就不闹了，后来夜里不堵木板它也不朝外跑了。

它通人性，恋人。每当我上班准备出院门时，它就扇着翅膀扑上来，叼住鞋带挽留我；而当我摆脱它的绵缠走开时，它那双绿豆大小的黑眼睛里就流露出无奈、惆怅和忧伤。当我下班推开院门，它准是翅爪并用扑到我脚下，撒娇似的、诉说委屈似的鸣叫。

当然它也很淘气。我看书写文章时它总爱飞到书桌上，或监考老师那般踱来踱去监视我，或叼住我的头发"拔河"。

其实它有"野心"，在我家过得并不快活。它被剪了翅膀、伤口又没完全愈合，但总企图往外飞；飞不出去就呆呆地站在院心，久久地仰望院子上空那方天。这时候喂什么它也不吃。我猜想它是在思念山野、思念天空、思念自己的同类，打算待到深秋它长出新羽、伤口完全愈合后就任它飞走。

那么这以前怎样才能不使它孤独呢？我买了几只鸡养在院子里与它为伴。起初它很讨厌鸡，总是一副瞧不起的神

给人性一个答案

色,高傲地站在远处蔑视着鸡;当鸡接近时它会发怒,奋力与鸡扑打。但渐渐地它就同鸡们建立了友善的关系,鸡们吃食时它跟着捡米粒,鸡们晒太阳它往人家翅下偎,甚至还常把自己收藏的食物叼出来放到鸡面前,像是讨好一般。

它的变化远不止这些,许多习性和习惯也渐渐改变了:不再企图朝院外飞,不再久久地仰望天空,不再收藏食物,早晨也不再站到窗台上鸣叫了,什么时候不把它从木箱里轰出来它就在里面睡到什么时候。连我上下班它也不再像原来那样留恋亲热。它总是同鸡们厮混在一起,显得很满足、很得意。当然有时为几粒米它也同鸡们争斗,争过后很快就又和睦相处了。

那么,我也就渐渐觉得它不再招人喜欢、让人爱怜,更不奢望它能给我家带来什么喜事了。我养它几个月了,家里一切照旧,并没有喜事降临。

进入季冬,它的伤已痊愈、新羽也都长齐,完全可以飞出院子了,可是它并不飞;偶尔飞起来也是在院内,为的是向鸡们炫耀。这小东西,是留恋我的家吗?

我倒是认为它该飞走了。一天,我把它带到院外,高高地抛向天空;它恐慌地叫着飞了两圈,之后却一头扎回我家的院子!

真不愿飞走也就算了,我还是养着它。隆冬的一个早晨,起床后我照例到木箱里轰它,而木箱却空了!是飞走了吗?毕竟是一只野禽!谁知我随后发现它竟然钻在鸡窝里!大概是夜里为躲避严寒而钻进去的吧?要知道,喜鹊窝都高筑在天风呼啸的高枝上！

算起来它到我家还不到一年。

快过大年了。妻子说：杀鸡时，把喜鹊一起杀了算了，作一锅煮。

我的心一抖，却并没有制止妻子的企图——从喜鹊的角度说：当它决定接受我们的驯化和豢养时，实际上已经心甘情愿地放弃了其高贵的"鹊格"，并将生死荣辱掌握权交到了我们手里；从"天理人情"角度说：它的被驯化已使它失去了自身最为可贵的野性和价值，而沦落为家禽，家禽被人宰杀是天经地义的；从我和妻子的角度说：我们既然承担了豢养它的义务，也就有了随意处置它的权利，权利和义务对等应是铁的法则。

那么，妻子的企图有什么不对的呢？

给人性一个答案

破译脑电图

某医院同时接收了两个患者。其中一个是某局的科长,一个是国企工人张师傅。两人都因患急性脑血管病引起昏迷,住在危重病房全程监护,由同一个医生进行治疗。

一周后,科长因病情恶化离开了人世,而张师傅不但症状迅速减缓,且很快就康复出院了!

两人都是五十多岁,体质相同;同时得的同一种疾病且严重程度相当,由同一个医生同时接诊,用的是同一种药,接受的是完全相同的护理……而结果怎么会迥然不同呢?

医院大惑不解,要对两人的病例进行研究。因为两人入院后都处于昏迷状态,没有语言能力,只能以他们入院一周的脑电图为研究依据。为此医院请来了疯子大郝。

大郝原是该医院一个优秀的脑内科医生,两年前变疯的。当时正是秋夏之交,一场雷雨不但来得急而且来得凶,一道炫目的闪电如同一条从天而降的金蛇,"咔啦啦"一阵响亮,击中了大郝住宅前的一棵大树。就在雷击大树的那一刻,大郝正探头在窗外收晾晒的衣服,不知是被强大的电流所波及,还是被巨大的声响所伤害,反正雷击过后大郝就没了人气儿。后经抢救,大郝虽活转过来但人却疯了。他疯得不辨男女,彻底废了,每天只热衷于一件事——找些废弃的脑电图来看。一次偶然的机会,人们发现大郝虽然疯了,却有了特异功能、有了一副"火眼金睛":能破解脑电图的具体内容!

所谓脑电图,是医疗设备记录的人脑生物电活动的锯齿状图形。医生通过它,可以判断人脑活动的快慢强弱,但人脑当时接收了什么外界讯号、接收外界讯号后具体在"想"什么,正常人是无能为力的。而大郝则可以根据"锯齿"的高低陡缓,破译出人脑当时接收了什么外界讯号、接收外界讯号后具体在"想"什么。

经多次验证,大郝对脑电图的"破译"准确无误。

院长先取出科长入院一周的脑电图。大郝按顺序往下看,一边抹着鼻涕,嘟嘟哝哝地"破译"。其颠三倒四的"译文"整理如下——

患者接受了一个音频讯号,内容是:你们局长已经表态,说你住院期间工资和年终奖都照发;今年的年终奖可能不少于10万元;你住院这两天,我收到的礼金有5万……孩子明年就要大学毕业了,你们局长已经表态,说孩子如果在外找不到工作就回单位来上班……大脑对这个音频讯号的回应是:老婆,照你这么说,家里就没有什么让我牵挂的事了。

给人性一个答案

患者又接收了一个音频讯号，内容是：你的工作我已经安排张副科长代理了，你现在的全部工作就是安心养病……大脑对这个音频讯号的回应是：局长，照你这么说，工作上的事就用不着我操心了。

院长又取出了张师傅入院一周的脑电图。大郝按顺序往下看，还是一边抹着鼻涕，嘴里嘟嘟哝哝地"破译"。其颠三倒四的"译文"整理如下——

患者接受了一个音频讯号，内容是：工厂有规定，住院要扣发工资；不过你们厂长已经表态，说你住院期间酌情少扣一些；你老娘生病借的5万元至今没还，半年的房租也没有交，三天两头上门催债……上有老下有小的，你说这日子可怎么过？孩子明年就要大学毕业了，欠交的学费现在还没凑齐，学校说要扣发毕业证；孩子说她要自己在外打工，挣钱"赎"回毕业证。一个女孩子在外打工我不放心，这事还等着你拿主意呀……大脑对这个音频讯号的回应是：老婆，我不会死的，等我病好了再来料理这些事。

患者又接收了一个音频讯号，内容是：车间那一批精密工件，非你没人加工得出来，这活儿还等着你呢！您带的那帮徒弟，也还都等着您早日出院……大脑对这个音频讯号的回应是：厂长，我一定会挺过来，能下床我就回车间上班……

——世上最奇妙、最不可思议的恐怕就是生命现象了。

社会万花筒之中国微小说系列丛书

蟒二代

被卖到动物园后没几天,外号叫冬瓜的管理员就把我牵出羊圈,径直走向一个大铁笼。

铁笼前人头攒动。被众多"长枪短炮"瞄准的一美女持麦克风站在高处,朗朗道:"此前,关于蟒蛇缠绕猎物致死的说法不一,有的说是被缠绕窒息死亡的,有的说是被缠绕造成周身粉碎性骨碎、五脏迸裂毙命的……今天,我们将现场直播蟒蛇缠杀活羊,而后将死羊当场解剖,以验证哪种说法正确。大家看,正迎着我们走来、刚刚成年的山羊,就是将由蟒蛇缠杀、用来验证的'小白鼠'!"

我一听差点儿没被吓晕过去。我的原籍在一片亚热带丛林边缘,主人是养羊专业户。我和同伴们每天到丛林中吃草时,最害怕的就是蟒蛇。有人说狼阴险凶狠,其实不然,因为狼一般只吃落单的羊,只要不离开羊群我们还算安全。而蟒蛇则不同,它总是悄无声息地潜藏在神鬼莫测的地方,对离它最近的羊发起闪电突袭,瞬间死死缠住,倒霉的同伴连喊救命的机会都没有就被秒杀,而后被生吞。我曾不止一次眼睁睁地看着同伴的惨死,一听说蟒蛇二字就心惊肉跳……

这时,"长枪短炮"又瞄准了那阴森森的铁笼,美女仍在"朗朗":"这条刚成年的蟒蛇,生在动物园,长在铁笼中,属于蟒二代……"

我已经从最初的惊惧中清醒过来了,大喊:"尽管羊横竖都有一死,可我不愿被虐杀!咩——"

冬瓜根本不理睬我的呐喊,打开铁笼把我踹了进去,而后用挂在腰间的钥匙锁上了铁门。

我的生路彻底断了。既然一切挣扎都是徒劳,那就用有限的时间祈祷吧。我闭上了眼睛默念:上帝,您不能让我来世再当任人宰割的羊了……

铁笼外的惊呼打断了我的祈祷:"冬瓜,你老婆遭车祸了!"

冬瓜的事与我无关,随他猴蹿离去。我祈祷完毕变镇静了,敢于直面凶险的杀手了:那是条两米多长、碗口粗细的蟒蛇!这样一条蟒蛇对付一只山羊,简直如铁锤砸豆腐。可是,眼下的蟒蛇却曲卷在铁笼一角,用惊奇、困惑的眼神打量着我。它这是怎么了?

铁笼外的美女还在"朗朗":"蟒蛇至今还没有攻击的意思,大概是因为此前它一直吃着精选的牛羊肉,还没捕食过活物,它需要试探……"

蟒蛇的试探开始了,它一边吐着血红的舌头一边向我靠近。我料定它的闪电一击即将到来。怎么办？是求饶还是等死？求饶，嗜杀成性的蟒蛇能发慈悲？等死，面对现场直播我又觉得太窝囊……既然横竖是一死，那就要死出个样子来，我脑袋上装备的犄角并非银样镴枪头，生死关头豁出去拼死一搏了！

"咩——"我大喝一声，将犄角对准蟒蛇猛刺过去！

蟒蛇大吃一惊，闪身躲过。照说，它会恼羞成怒反扑过来的，可出乎预料的是，那家伙却虚喘着溜回铁笼一角，摆出了防卫的架势。而且，它浑身还索索发抖，眼神里满是惊恐和胆怯！

怎么了，世上难道还有怕羊的蟒蛇？我仔细打量那家伙，只见它脑满肠肥、大腹便便，哪有一丝一毫蟒蛇的凶悍？哪有一丝一毫大泽龙蛇的威风？

这哪是条蟒蛇，明明是条放大镜下的蚯蚓嘛！

哈哈，我明白了：这家伙生在鸟语花香的动物园里，长在安全舒适的铁笼中，饭来张口衣来伸手，在这样环境中长大成人的蟒蛇，已丧失捕杀猎物的能耐啦！

不仅如此——比捕杀猎物能耐更重要的凛然野性和捕杀欲望，均已在它身上丧失了——蟒蛇在丛林中捕食为的是填饱肚子，为生存而捕杀；而当舒舒服服地躺着就有佳肴美味享用时，傻瓜也不会再去劳神费力了！况且，送到嘴边的那些嗟来之食，是经人精心配了营养成分的，营养和味道都远在只有血腥味儿的野物之上。沉湎于如此养尊处优的环境中，谁还会有捕杀的心思？精神堕落至此，即便有翻江倒海

给人性一个答案

的能耐又有何用？

　　此刻，我突然想到了惨死于蟒蛇之口的那些同伴，新仇旧恨涌上心头，因此止不住再次大喝一声，威风凛凛地向蟒蛇冲去。那家伙慌忙扭着笨拙的身躯往铁笼上面爬，没承想它竟退化到连逃跑的速度都没有了，只能笨拙地东躲西闪。我看准时机一犄角刺去，不偏不倚刺在它的七寸上。蟒蛇无力地甩动几下尾巴，身体就渐渐瘫软了。

　　可我并没拔出犄角，而是就那样狠狠顶着——美女主持不是正现场直播吗？那就好好直播给大家看看吧：凡是被豢养的，不论它戴着什么样吓人的头衔，没有几个不是菜鸟！

　　美女已停止了现场直播，正在惊呼："快打开铁门救出蟒蛇嗷！"

　　我知道铁门一时是打不开的，因为冬瓜把钥匙带走了。哈哈！

　　然而，铁门最终还是被砸开了。我被拖出了铁笼，不少人嚷嚷要宰了我。

　　宰就宰吧！羊生自古谁无死？爷们儿死得值！我呐喊起来："咩——"

167

脑筋急转弯

树木上有八只鸟，开枪打死了一只，树上还有几只？这是个再简单不过的脑筋急转弯问题。连幼儿园的小朋友都知道：枪响以后，树上一只鸟也不剩了！

据说，这个"脑筋急转弯"产生于民国初年。当时南京有所洋学堂，学堂里的一个国语老师教学有方，为让脱掉开裆裤不久的学童们记牢"作鸟兽散"这个成语，拍脑瓜子拍出了这么个"脑筋急转弯"。

那天，国语老师在课堂上第一次抛出了这个"脑筋急转弯"。话没落音就有学童抢答：树上还有七只鸟！

这时，一个叫来富的学童发言：树上一只鸟也不剩了！理由一二三……

老师和众学童一片喝彩。喝彩过后就要继续讲课了，一个叫基可夫的学童却又举手发言，说树上还有七只鸟！

如果是"谜底"没被抖开之前，做出这样的回答倒还没

给人性一个答案

啥；而眼下"谜底"明明已经被来富揭破、人人皆知了，你基可夫脑筋不会"急转弯"，"慢转弯"也该转过来了吧？怎么愣着眼睛还直往南墙上撞呢？

课堂上顿时爆笑如潮，经久不息，直笑得众学童人仰马翻、呼爹叫娘；就连国语老师都笑岔了气，不得已终止了这节课。

基可夫是这个班唯一的外国学童。平时，他就和来富两个人互相瞧不起，通过这次"脑筋急转弯"测试，智商谁高谁低便见分晓了。

来富和基可夫的互相瞧不起，起因于他们初识时的一次交谈——

来富从头到脚打量着对方："你的皮肤是用什么颜料抹的，怎么总是白的？"

"我的皮肤天生就是白的！"基可夫受在华工作的父母熏陶，不但听得懂而且还会说几句不太地道的华语。来富的发问让他笑得前仰后合，笑过又偏起脑袋打量来富："你的头发是用什么颜料染的，怎么总是黑的？"

来富也笑得死去活来："我的头发天生就是黑的！"

问过答完笑罢，嘲笑的情绪却还在两个学童心里发酵——

基可夫眼角挂着两滴呛出来的泪珠：天生的白皮肤，他竟说我是用颜料抹的，世上怎么有这样笨的人呢？

来富脸上挂着随时可能扩大化的嘲讽：生就的黑头发，他却说我是用颜料染的，天下怎么有如此憨的人呢！

169

……来富一直都在寻找机会奚落基可夫，眼下老师因岔气离开了课堂，来富要趁热打铁拿基可夫开心了："我来开导开导你——鸟是长有翅膀的！"

其他中国学童朗朗补充道："听到枪响，它们就各自飞各自的啦！"

虽然来富的"开导"和众学童的补充都酸得能拧出醋来，但那毕竟是对基可夫的启发、启蒙。但基可夫仍顽固不化，硬着通红的脖子道："树上就是还有七只鸟！"

来富实在是笑不动了："我再提醒你一句——鸟是会飞的！"

"会飞又怎么了？"基可夫长长的睫毛倔强地往上翘了翘，翘出了一脸的委屈和固执，嘴里同时放出了一通"机关枪"："树上有鸟们的巢，它们要看护自己的巢，就是不飞走！同伴被打死了，它们不愿意撇下自己的同伴，就是不飞走……"

本来已经熄灭了的嘲笑，这时又在教室内死灰复燃，又是一番人仰马翻、呼爹叫娘。

来富在岔气前，拼出最后的力气又笑出了一句话："我的娘哎——这小老外真是笨得不可救药了——"

……转眼二十多年过去，基可夫成了机械工程师，供职于斯大林格勒的一个坦克厂。来富弃笔从戎，成了当时"国军"的一个团长。

当德国法西斯围攻斯大林格勒、防守坦克厂的士兵全部阵亡时，基可夫脑筋不会"急转弯"，没有逃避求生，他率

给人性一个答案

领自己的工友开着刚下生产线的坦克,迎着车间外蜂拥而至的敌军冲去,直至战死……城如危卵的斯大林格勒,最终成了德军的坟墓,成了第二次世界大战的转折点,这是谁都知道的。

来富的部队参加了南京保卫战。当日寇的炮火摧毁了前沿阵地后,最高防守司令官"飞"了;来富效仿长官"脑筋急转弯",却被罩在网里"飞"不了,就丢掉武器,换上老百姓服装东躲西藏;他的脑筋其实还是没有"急转弯":日寇是连老百姓也不放过的!

南京后来被日寇屠城,包括来富在内的30万中国人被屠杀,这也是谁都知道的。

社会万花筒之中国微小说系列丛书

香港游记（小小说组）

香港回归年，我们全市各部局委办的头头脑脑们都说想过去走一走、看一看。有关部门便组织了一个"香港参观旅游团"，一行四十人。除我以外，其他成员都是本市的局级干部。我一个副科级干部本是不够资格的，但由于曾在武警部队当过武术教官，多少会几招，被特许随团旅游，负责大家的安全。

规　矩

香港分为香港岛、九龙和新界三个部分。我们下榻于九龙的百乐大酒店，同旅行社签订了合同。

到香港后的头一餐午餐就由旅行社安排，没有酒。开饭了没有酒，某局甘局长硬是吃不下去，托我代他买瓶酒。听同事们说过：甘局长嗜酒，哪天不喝酒哪天就不叫日子。可

给人性一个答案

是他酒量不算大，一次喝半瓶酒就有点醉醺醺了，脸红、话多、言谈不谨慎检点，思路也显得混乱。

世界各种名酒香港都有卖的，但价格比内地高得多，随便一瓶都上千港币。香港本是免税区，许多商品都比内地便宜，但香港政府为限制居民吸烟喝酒，破例收取烟酒500%的关税。

我见酒太贵舍不得买。甘局长说我小家子气："又不是没带钱，买！买酒时开张发票就是了。"

我接过他的钱，兑换成港币去买酒。不料商店只出具购物凭证，不出具内地报销所需的"发票"。我担心甘局长回内地不能报销，又没买。甘局长听了我的汇报后说："购物凭证谁说不能报销？我签了字，白条子也可以报销。"

我买了一瓶法国"人头马"。

参观旅游要到第二天才正式开始。吃过午饭，甘局长就迫不及待地要到香港岛那边看看，先睹为快。他在内地出入都有秘书陪伴，这时只身行动嫌有失身份，就让我随行。

我喊了辆出租车，陪甘局长由九龙经海底隧道前往香港岛。

快进隧道时，司机把车停在路旁，准备过隧道的"过卡费"。香港不像内地那样，没有收费站的路不算路，没有收费站的桥不叫桥。但海底隧道例外，隧道口有一收费站，车辆经过一次隧道需交20港币。司机随身带的港币面值大，翻来翻去找零钱，耽误了几分钟。

甘局长吃饭时喝了大半瓶"人头马"，自然是醉醺醺

173

的。当得知停车耽误的原因后,喷着酒气对司机说:"开车吧开车吧!——过卡时就说是我的车。"

司机眨着眼:"您……"

甘局长半闭着眼:"我的车过卡从来不交费。"

司机本是内地人,三年前才到香港定居的。因此他很快理解了甘局长的话,笑着说:"在香港,官儿再大过卡也是要交费的。"

甘局长这时才似乎清醒了,睁大眼问,"香港不是回归了嘛!"

司机仍是笑:"可香港的规矩还是老样。"

甘局长听了这话显得很不高兴,气呼呼的:"这叫什么规矩?——没规矩!"

黑色暴雨警报

这天下午参观旅游团分散自由购物,但晚上 7 点以前都必须返回旅馆,有重要集体活动。

香港是世界闻名的购物天堂。参观旅游团的成员除我这个"贫雇农"以外,都有规模相当的采购计划,多数欲购金首饰。导游却劝大家:国际市场金价波动很大,黄金难以保值,且香港的金价与内地差不多,因此,改购珠宝为上策;说香港的珠宝业不论规模还是加工工艺都是世界第一流的,价格比内地低得多不说,且不会购到"贾宝玉",珠宝购到手坐看增值!经他这么一介绍,大家纷纷奔珠宝店。

给人性一个答案

我本打算单独去逛书店,不料被某委曲主任缠住了。他要为妻子买宝石项链,非要我陪同当参谋不可。

记得在赴港途中,曲主任曾向我打听香港的基本情况。当得知香港只有1076平方公里面积、600多万人口时,他说:"还没我们市管辖的地盘大、人口多。要是我平调到香港,起码该安排个副职。"因此到香港后,他总是昂首挺胸、一步一停地走路,显示出上位者的姿态。

我们进了一个珠宝店,看商品之前,曲主任先问店员在深圳是否有连锁店?店员说没有,曲主任便很有派头地转身离去。一连到几个店都是这样,我觉得奇怪:"为什么一定要找在深圳有连锁店的店员呢?"

"香港的珠宝店只出具购物凭据,回内地难报销。要是在深圳有连锁店,我们返回时可以在深圳换成发票。"

难怪曲主任煞费苦心:在我们一行40人中,曲主任是掌握实权较小的一个,不像其他人,用笔随便画就能"画"出人民币的。

我们终于找到了一个在深圳开有连锁店的店员,店主郑重承诺:本店出具的购物凭据,在大陆所有连锁店都可以换成发票,而且购物内容可以随顾客要求填写。店主为曲主任选了一条用缅甸宝石加工的项链,8万元人民币。曲主任嫌成色不好,改选一条用南非宝石加工的。南非宝石闻名于世,加工成的项链实在华贵,要价10万元人民币,曲主任也不还价,成交了。店主说这条项链在大陆值15万元。

曲主任心满意足,又昂首挺胸地同我逛了书店。

社会万花筒之中国微小说系列丛书

刚准备返回旅馆时天下起了瓢泼大雨。我们没带雨伞，只好躲进一小鞋店避雨。避雨时我们才看到电视在播"黑色暴雨警报"，店主说警报已经播出几个小时了。在香港，对暴雨的预报称为"红色暴雨警报"，对特大暴雨的预报称"黑色暴雨警报"。由于雨太大，街道成了河道，所有公共汽车和出租车都被迫停运，我们被困在小鞋店里。

已经快6点了，7点以前必须赶回旅馆，我和曲主任都急得团团转。怎么办？我提议每人买一把伞、一双凉鞋，把皮鞋脱了提在手里走回旅馆。话是这么说，但我兜里的钱已不够买一把伞、更不用说买鞋了。

曲主任还有几千块钱，可他不愿买："要自己掏腰包，花几十块钱呢！"

我也不好意思勉强，否则，曲主任会怀疑我想占他的便宜。又等了半个小时，我看实在不能再等了，又提议："干脆我们冒雨蹚水跑回旅馆得了！"

曲主任也急，当即就同意我的意见，挽起了裤腿，脱掉了皮鞋："好！蹚水跑！"

在香港的大街上，赤着脚跑是很不体面的。街道上虽然有人蹚水赶路，但没一个人打赤脚。曲主任是有身份的，不能为一双鞋给大陆人、给自己丢脸吧？因此，我劝曲主任还是穿上鞋，之后再买一双把湿鞋换掉。

"那怎么行？我家里别人送的皮鞋有几十双，穿不完，这又花钱不值得。"说完他就赤着脚、遮着头蹚水飞跑。

街道两旁避雨的香港人都伸长脖子看稀奇，有人放开嗓子告诫:"当心碎玻璃!"但当即就有人接话:"莫管,那肯定是个叫花子。"

姑娘的心,在等待,永远在等待

　　导游很健谈,观光游览途中,他总是不停地为我们介绍香港的名胜和令人发笑或惊奇的人物趣事。这天他说到自己熟识的一个小姐,姓付,在夜总会谋事,兼作导游。他说付小姐是个怪人,曾参加全港选美大赛且得过大奖,30岁了尚未婚配。她择偶的标准是:香港本地人需年满70岁,富商;大陆的男性需是厅局级以上的实权人物,在职在位,三两年就退休的。我们听了导游的介绍哄堂大笑,说导游是在糟践那位付小姐。导游则反复声明不是糟践人:"付小姐多次郑重托我,在大陆参观旅游团中替她物色一个。"

　　尽管如此,我们仍然认为他这是在逗乐。若按那位付小姐的标准,我们参观旅游团的成员、某办霍主任就胜任。霍主任职务级别没说的:实权人物,58岁,去年老伴病故,正在择偶。有人就起哄,让导游从中牵线搭桥。导游把这玩笑话当真,掏出本子记下了霍主任的全部基本情况,说当晚就面告付小姐。

　　霍主任脸红得像虾公,说:"求大家别拿我开心了。"

　　霍主任这人没脾气,在参观旅游团中,大家都喜欢拿他逗乐。不过,他身上的笑柄也实在太多了。比如说吧:那天我们在海洋公园遇到个由母亲牵着的英国小女孩,蓝眼睛、黄头发，十分招人喜欢。我们逗小女孩时，她乐得直笑，用英语同我们说话。我们不懂英语，霍主任也听不懂。他很惊奇，对大家发感慨道："你们看看，中国咋能不落后？——人家英国小孩，两三岁就会说英语，咱们几十岁了还不会……"

事隔一天游览黄大仙庙。途中我同霍主任在一起。导游凑到我们跟前，拉住霍主任手悄悄说："我把你的情况如实向付小姐介绍了，她很满意，约定在黄大仙庙见上一面，确定是否发展关系。"

霍主任有几分不高兴："别逗了，开玩笑哪能没完没了。"

导游神色庄重："不是逗，付小姐确实已在黄大仙庙等您。"说完还用手机同付小姐取得了联系。

霍主任神色紧张起来："我都58了，人家才……"

我仍然认为导游是在逗霍主任，就一本正经地说："香港这地方，兴老夫少妻！"

霍主任汗都出来了，悄悄问我这事该怎么办？我让他见面时把派头拿出来，做出体格强健、宝刀未老的样子。

到黄大仙庙下了车，导游就把霍主任往一棵大榕树下引，我亦步亦趋跟着看稀奇。大榕树下站着个极性感的摩登女郎：上穿坦胸露脐的紧身短装，下穿紧身超短裙，秀发如瀑。霍主任起初裹足不前，直抓脑袋，后来在导游的鼓动下，迈开健步，雄赳赳地走过去。

付小姐像是见了老朋友，极热情地迎上前，拖住霍主任的手问长问短。

亲热了大约10分钟付小姐挥手告别，走远时还给了霍主任一个飞吻。

霍主任很兴奋，同时又显得忧心忡忡。我问他是不是有眉目了，他说："眉目肯定是有了，不过头一次见面，付小姐没有实质性的表态。不过……这太突然了，像做梦一样！"

霍主任感到意外，我同样感到意外。谁能想到年近60的霍主任在香港突然交了桃花运？"天上掉下个林妹妹"，怎么偏偏掉到了他怀里？

当天晚上导游来到旅馆找霍主任，两人私下交谈过导游就出门了。我追上去询问事态发展，导游说："好事让霍主任自己给砸了！付小姐对他各方面都满意，但不满意他身体太健壮，握手时把人家手都握疼了。"

"身体健壮是好事嘛！"

"付小姐给我亮了底：她找70岁以上的港人做老公是有附加条件的：身体有严重疾病，能够在一两个月内折腾玩完的；找将要退休的大陆厅局级以上干部做老公，也是有附加条件的：身体虚弱，能够在一两年内折腾玩完的！"

随后见到霍主任时，他脸色灰白，骂我事先给他出了馊主意。

社会万花筒之中国微小说系列丛书

命运（小小说组）

翠花姓黄。

本来，翠花是有资格使用上千元一瓶的世界名牌护肤品的。

可是，她一生只买过一瓶雪花膏。那还是她结婚时，狠狠心花两毛钱买的。每天用小拇指尖尖儿蘸一丁点儿。三个月后雪花膏还剩大半瓶，翠花就舍不得再用了。因为她已怀上了孩子，要把雪花膏留着给孩子用。

——这就是命运。

黄翠花呀

翠花1961年结婚时19岁。她同当时许多乡村姑娘一样，进了洞房才知道自己男人是啥模样，无所谓爱与不爱，反正木已成舟，嫁鸡随鸡嫁狗随狗了嫁个石头抱着走了。

这以后她就成了庄稼汉根柱的老婆，成了瓦屋村一个忙

给人性一个答案

碌的陀螺。

根柱一生的最高"官衔",是草山公社瓦屋大队瓦屋村生产队饲养员。可他上任一个月就被"撤职"了,原因是众牲口不听他的管教。根柱是个很窝囊的男人,更糟糕的是他是个很窝囊的庄稼汉。很窝囊的庄稼汉一生中会遇到数不清的倒霉事:公社仓库失窃,作案人圈定在瓦屋村,限期破案。瓦屋村头头查不出盗贼,无奈时就捉了根柱去充数;他难得进一次县城,好不容易去一次,就在街道上被罚了款,原因是他灰头土脸、穿着破烂,影响了市容;他得了急性阑尾炎,痛急了到县医院去诊治,医院对他进行了包括脑CT、核磁共振在内的全方位检查,仅检查费就花去4000块钱;他买的"良种"、农药曾使一季庄稼颗粒无收……世上老鹰吃黄鼠狼,黄鼠狼吃鸡,鸡吃虫子,虫子吃谁?根柱就是一条虫子。更悲哀的是,鸡吃虫子,虫子可以东躲西藏,他却没有任何地方也没学会躲藏;老鹰和黄鼠狼不直接吃虫子,只有鸡才吃。而他这条"虫子",老鹰、黄鼠狼和鸡谁见谁吃……

根柱在外面受了窝囊气或是日子过得紧巴、心里愤懑或烦恼时就要喝几口老白干。酒一下肚,他总要找个对象,把窝在肚里的愤懑或烦恼发泄出来。根柱发泄的对象只有翠花。起初,根柱才打三几家伙、还远没解气呢翠花就瘫倒了。他渐渐摸索出了使翠花不至于很快倒地的经验:揪住头发,往上提着打。翠花身材娇小,牛高马大的根柱把他提起来费不了多少力气。这样打即便是翠花已经口吐白沫翻白眼了也不会倒下，根柱可以充分施展拳脚，把窝在肚里的愤懑或烦恼统统发泄干净。

等到根柱解气了、酒醒了，见翠花倒在地上口吐白沫翻白眼，就又后悔得直扇自己耳光，一边扇一边往死里掐翠花的人中。三掐两不掐的，翠花就会活转来，对痛哭流涕的根柱说"没事……"

根柱掐她人中每次都是往死里掐，否则不起作用。男人全身的力气都集中在一个指甲上掐，牛皮也难撑得住，翠花皮开肉绽是少不了的。她鼻孔下面的指甲痕还没愈合，没几天就又被掐得血淋淋的。天长日久，翠花鼻孔下面就永远留着一个月牙状的疤痕。

翠花父母早就知道了她的不幸。当时她只有一个孩子，父母曾暗地里劝她趁早改嫁算了。不料翠花竟哭得天昏地暗："我一家人过得好好的，你们却想搅黄它，安的什么心哪……"翠花确实不恨根柱，她觉得根柱也实在太难了，满肚子的窝囊气或烦恼不发泄出来，弄不好会憋出病的。她说男人都有几分血气，气头上不打老婆又能打谁？

让人难以置信的是，翠花抗击打能力超强：她口吐白沫翻白眼后，从来没有吃过药住过院！表现最差劲儿的一次也只在床上躺了三天，三天后就可以下床，东倒西歪地为根柱洗衣做饭了。

在根柱面前翠花也有硬气的时候。那时她的大姑娘高中毕业要报考大学，根柱说能填饱肚子就不错了，哪有钱上大学？死活不准许。翠花抓起一把剪刀，披头散发地扑到他跟

给人性一个答案

前:"你要是不同意,我这就跟你拼了!"

根柱揪住翠花的头发就又开打……

大姑娘最终还是进了大学。不久后根柱就得了绝症,卧床不起。翠花为他端药端水、喂吃喂喝,但两年后根柱还是没挺过来。这一来就没人再打翠花了,可是当时她哭死过去几次,每次苏醒过来都是那句话:"你走了,叫我往后的日子怎么过呀……"

那年省长亲自带队,来到瓦屋村访贫问苦,要村长如实推荐一户最贫困的人家,并说出理由。村长吭哧了半天,最终只得推荐了翠花家,理由是:她家连电费都交不起,夜里点豆油灯照明只一小会儿;她男人临死前,说好想吃几口有咸味的饭菜,翠花就拿一个断了柄的小汤勺到邻居家借盐,说等把猪养大卖了,就买盐来还……省长眼圈红了,问她家为什么这样穷。村长介绍说:她公公婆婆药罐不倒五年,刚送走公公婆婆她男人又卧床不起两年,眼下三个孩子,一个上大学、两个上中学……

翠花正端着个瓦盆去喂猪,见一群小卧车涌到了家门口。她一时慌张,手一松瓦盆摔碎在地上,而那双手却僵在胸前。

那双手不但黑,而且干枯粗糙,如同放大了的黑鸡爪子——因为那是一双几十年来放下镰刀、锄头,马上又拿起锅铲、烧火棍的手;一双为公公婆婆男人还有三个孩子缝补浆洗、喂药喂饭、擦屎端尿的手;一双挨打时紧捂住嘴,使邻居不至于听到她哭声的手;一双被太多的眼泪浸泡过的手。

省长一进门先盯住了翠花的脸。那张脸憔悴枯黄而且皱纹纵横,如同是一副核桃壳做成的面具。省长一直盯着那张脸,一边问这问那。问着问着他怔住了:"你可是40年前,与我一道考取大学的黄翠花?"

翠花也怔怔地看着省长:"你是……狗剩子?"

省长眼泪夺眶而出:"黄翠花呀……"

默默两人行

狗剩子是省长的小名。

翠花和他是高中同学,1960年他们一起高考,同时考取了省城的同一所名牌大学。他们两个不同村但是一个公社的,录取通知书到手后,他们的父母在一起商量,说两个孩子都没出过远门,到省城大学报到时两人一起走,路上相互好有个照应。

当时到省城有两条路可走。一条大路绕远,将近500里,坐汽车转火车,光车费每人就要花40多块钱。两家人都是指望母鸡下蛋卖钱买油盐的穷人家,花这么多钱都心疼。当时那年头,鸡蛋3分钱一个,40多块钱就是1000多个鸡蛋,一只母鸡几辈子也下不了这么多蛋哪!另一条则是翻山涉水的小路,只有170里路,赶赶紧儿三天就走得到。翠花和狗剩子父母最终决定要他们徒步走小路,理由是:早些年进京赶考的读书人,徒步走一两个月才赶到京城的事不新鲜。同时,两家父母还为他们确定了动身时间:提前四天去报名。理由是:去得早了,每吃住一天都是要花钱的。

上路时,翠花和狗剩子一人一根扁担:扁担一头挑着被褥衣服,一头挑着脸盆碗筷和学习用具。那时候的人封建死了,他们早就认识,但平时见面说话就是那么一问一答:"吃过饭了?""吃过了。"因此,如今两个人结伴赶路,翠花一开始就感到别扭。

翠花和狗剩子上路了,送行的双方父母在他们身后唠闲话。

狗剩子父母试探着说:"这俩娃儿在一起,还……还算般配。"

翠花父母说:"娃儿们还小,等他们念完大学校再说。"其实,翠花父母还有几分瞧不起:狗剩子高考的分数比翠花低,又是中农成分。翠花家却是堂堂正正的贫农!

翠花和狗剩子一前一后,挑着担子翻山越岭。乡间土路上很少有行人,好安静好安静啊。越是这样的环境,翠花越是觉得别扭,越是觉得应该与狗剩子隔远点儿。

狗剩子走在前面,他时不时停住脚,扭头看一眼面若桃花的翠花,然后又匆匆把头扭转回去,一颗心莫名其妙地"怦怦"跳着,说:"累了,咱们歇歇好吧?"

歇歇就歇歇。他们保持着一定距离坐在地上,一个遥望头顶的天,一个注视眼下的地,谁也不说啥。

同是18岁的两个少男少女,就这样结伴同行。

乡间土路两旁几乎见不到厕所,这对翠花来说糟糕透顶了。路上行人稀少,如果要解手,当前后没人时,躲到路旁的地沟里应急是可以的。可是，狗剩子就在跟前，咋办？她当天偏偏又拉肚子，拉肚子的事怎好对狗剩子实说？翠花一忍再忍，忍无可忍时便对前面的狗剩子扯谎："你前面先走，我要坐下歇一会儿。"

可狗剩子不知底端，反停下脚步，放下扁担："我也累得不行了，咱们一起坐下歇一会儿。"

因为羞怯，因为急促，因为狗剩子的愚钝，翠花忍不住跺着脚嚷起来："你滚你滚你滚！滚远点儿！"

狗剩子被她异乎寻常、突如其来的愤怒吓得不知所措，挑起担子撒腿就逃。逃离十几步开外后，他越发感到莫名其妙，忍不住边逃边回头看了一眼：翠花正解了裤子往地上蹲呢！一阵晕眩差点儿使狗剩子背过去，一种罪恶感却又迫使他狂奔不止，逃得无影无踪。

狗剩子回头张望的那一眼，恰恰被翠花看到了。她觉得狗剩子看那一眼是有意的，觉得那一眼就是照相机的闪光灯，一闪亮就把自己最不能见人的隐秘照进他心里了……翠花感到满脸火辣辣地发烫，又羞又气，恨不得追上去把狗剩子心里的"底片"掏出来撕个粉碎；又恨不得自己当即就钻进地缝里去，永生永世不出来……

这以后，就是翠花孤身一人往前走了。

孤身一人往前走，她担心自己走不到省城，三天的路程，还没走到五分之一呢！可是，即便是走不到她也死活不愿再见到狗剩子。

可是不见行吗？翠花一边走一边默默地想：这一路可

以不见他，可是到了省城、到了大学怎么躲得过？在她的想象中，省城也不过与县城一般大小，大学也不过与刚毕业的高中一般模样，就那么一片地方，低头不见抬头难道见不到？——如果狗剩子再把他见到的说出去……哎哟我的妈呀，没脸活人了！

翠花犹豫了：我还有脸到省城大学报到吗？但这种犹豫只是在她脑海里一闪，一闪就消失了。

黄翠花命运的分水岭，还不是狗剩子回头张望的那一眼，而是旅途中的一个小客栈。

乡下客栈

天快黑时变了天。翠花紧赶慢跑，跑进一个巴掌大的小镇、找到一个只有几间泥瓦房的小客栈后，夜雨就"噼里啪啦"落了下来。

那年头的乡下村镇的旅馆都叫客栈，客栈也好旅馆也好，当时根本没有单人间、双人间一说。这个小客栈更简陋，一概的地铺，而且是通铺。所谓的地铺、通铺，就是在地上铺些麦秸，放条席子有床被子；席子挨着席子，一条席子就是一个铺位。

服务台上点着油灯，一个大胡子服务员正在打瞌睡。

醉醺醺的大胡子被喊醒后，说客满没有铺位了。这是小镇上唯一的客栈，除了这个客栈到什么地方过夜？外面在下雨，又人生地不熟的，咋办？翠花急哭了，央求"大胡子爷爷"无论如何要给安排个地方。大胡子让翠花原地等着，自己走进一个房间，过了好久才出来对翠花说："算你走运——我让其他旅客挤了挤，在门边给你挤出了大半个铺位。"

虽然他说挤出来的铺位没有被褥，要用翠花自己携带的，翠花还是高兴得不得了。可她走进房间后，发现里面黑咕隆咚的，什么也看不见，就又退出来求大胡子点灯。大胡子说："今晚这里停电。门边第一个铺位就是你的，进门往下一倒就是了，用不着点灯浪费。"

翠花再次走进房间，摸到了门边第一个铺位，摸到了空出来的大半个席子。

与之为邻的旅客已经睡熟，鼻息轻微而平缓。

赶了一整天的路，翠花太累了。她摸黑打开自己的被褥，和衣躺下，顷刻便酣然入睡。

翠花是被男人说话的声音惊醒的。睁眼看时天已微明，几个男人一边议论着什么一边在收拾行装。翠花一激灵坐起来："天哪！我这是住在什么地方？"

她很快看清楚了、明白了：自己与一帮陌生的男旅客住了一夜的通铺！

其实这算不了什么。那年头，乡下的女人很少远出，村镇小客栈大多不考虑女人住宿的因素；偶然遇到有女人住宿，没空房时，往往就做出"男女混编"的安排。那时乡下人出门在外，住客栈都是不脱衣服的，民风也淳朴，不会发生什么出格的事。小客栈当天夜里只入住翠花一个女的，在醉醺醺的大胡子眼里，她还是个不晓事的小姑娘，做出这样的安排就更没什么可大惊小怪了。

可是,当翠花发现自己与一帮男旅客住了一夜通铺后,羞得不敢抬头。好在天还没大亮,她急匆匆收拾被褥,打算尽快神不知鬼不觉地离开小客栈。

就在这时,紧挨翠花住的男旅客也醒了,揉着眼睛坐起来。

坐起来的男旅客竟然是狗剩子!

两个人对视一眼,顿时都傻了。狗剩子先回过神儿,他一骨碌跳起来,"噼里啪啦"地抓起自己的行李,夺门鼠窜而逃。已经起床的旅客不明白发生了什么事情,怔怔地看着翠花。那种怔怔的神态,被翠花的眼睛幻化成了猥亵的嘲笑。

耻辱感使翠花周身的血都变成了火,"呼啦"一下烧到了脸上。她想蒙起脸大哭一场,又想跳起来喊"我什么事也没有",可是她最终选择了逃避,抓起行李,发疯一般逃出了小客栈。

出了小客栈有两条路,一条是来路,一条通往省城;通往省城的路上,狗剩子正亡命般飞奔而去。翠花毫不犹豫地奔向来路。

一口气跑出两里路翠花才停下来,才在心里喊出了一句话:哎哟我的妈呀,实在是没脸活人了!

秋雨早已经停息,这里的清晨静悄悄。而翠花心里的暴风雨却怎么也停不下来。

这接下来怎么办?跟随狗剩子到省城的大学报到去?一只斑鸠站在附近的树上,傻愣愣地看着翠花,直着嗓子鸣叫："咕咕——咕咕——"翠花的听觉，把斑鸠的鸣叫演绎成了"不去——不去——"

可是，不到大学报到又咋办？一只叫天子不停地扇动着翅膀，却固定在她头顶的一个点上，不歇气地鸣叫："啾啾——啾啾——"翠花的耳朵，把叫天子的鸣叫翻译成了"回去——回去——"

回去回去回去！这学不上了！翠花掏出"入学通知书"，狠狠地撕个粉碎，而后挑起扁担，义无反顾地走上了回家的路。

三个字的悼词

如今看来不可思议的事情，在20世纪60年代初十分正常，上大学和不上大学没有多大区别：从观念上看，上大学与否都是劳动者的普通一员。毛主席就教导说：革命工作只有分工不同，没有高低贵贱之分；从实际生活中看，辞去城市工作，回乡务农的人成千上万；即使没回乡务农，干部也好、知识分子也好，都经常与工农大众"同吃同住同劳动"；就各大学每年录取情况看，实际录取人数往往都低于通知录取人数。

翠花没有直接回家，她在亲戚家住了几天，等报到期限过了才回到家，对目瞪口呆的父母扯谎说："学校今年停招女生。"

老实巴交的父母竟然相信了，竟然"回心转意"了，说

给人性一个答案

这样也好，女子无才便是德，学校不招收女生家里不但少花些冤枉钱，还多了一个劳动力。

翻过年就是1961年的大饥荒，翠花家三天两头揭不开锅。她父母见几个孩子都饿得直不起腰，便打算把老大翠花先嫁出去——送出去一个就少一张嘴。正在这时有媒人上门，说瓦屋村的根柱世代苦出身，正宗的贫雇农；人实诚，干活最肯出力气，根正苗壮。在那个年代的乡村，这样的小伙子是顶级"帅哥"；而且媒人还说：根柱家房后有棵大榆树，断粮时，剥树皮够一家人顶半个月！翠花父母当即就拍板定下了这桩婚事。

媒婆之言，父母之命——不久，翠花就成了庄稼汉根柱的老婆，成了瓦屋村一个忙碌的陀螺……

访贫问苦的省长站在翠花面前，神色里仍然残存带着40年前的窘迫："当年，当年是……"

翠花用袖头抹干眼泪，神情里仍然沉淀着40年前的羞怯："当年……当年我妈病重——嗨！事情都过去40年了，别再提了！"

"你这些年的日子……"

翠花脸一扬，扬起那张皱纹纵横，而且鼻孔下面比别人多出一道月牙状疤痕的脸；又拢拢沾有草屑的头发，那头发说不上白也说不上黄，乱麻似的。然后说自己这些年日子过得很遂心，这一辈子日子都过得很遂心：过成了一家人，男人本分，儿女孝道："我的大女儿已经读大学了——就是你我当年报考的那所大学！"

社会万花筒之中国微小说系列丛书

话说到最后,省长拿出了救济金;除了准备好的救济金外,他又从自己身上掏出1000元,一起交给翠花。翠花死活不收,说:"我吃国家救济的事要是传出去,别人还以为我家穷得揭不开锅了呢!"

省长眼圈又红了,改口说这不是救济金,是赔瓦盆的钱:"你喂猪的瓦盆是因为我打碎的,应该赔偿。"

"那本来就是个破瓦盆,用铁丝箍了几道,还用棉花塞着破洞。"翠花说省长糊弄人,"一个破瓦盆哪值这多钱?"

省长说:"那瓦盆是几百年前人们用的物件,是文物!"

……分手后省长嘱咐村长:"以后凡是黄翠花的情况,你可以直接打电话向我报告。"

这以后的日子里,翠花每个月都要收到500元的匿名汇款。

到翠花的第三个孩子也考取了大学,她突然得了急病,说不行就不行了。

省长专程赶到瓦屋村向翠花遗体告别。

堂堂一省之长,竟要向一个没任何功名、任何地位的穷老婆子遗体告别!市县领导闻讯后尾随而来,还有十里八乡的人更是涌来看稀奇,瓦屋村内外人山人海。而当人们听说了翠花的身世,听说她大姑娘已读完博士后时,人人肃然起敬,看稀奇的人群成了沉默的、漫山遍野的送葬人流。

省长在翠花皮包骨头的遗体前鞠躬默哀,之后抬起头来,嘴唇哆哆嗦嗦的,哆哆嗦嗦要致悼词,可是他最终只说出了三个字就泣不成声了。他说的那三个字是："命运哪……"

这样的话，本来是不该从一个省长的嘴里说出来的。

不过翠花的遗容安详而满足，甚至还带着几分自豪。

翠花应该安详应该满足应该自豪：有哪个女人，经历过她一般的苦风凄雨的生命里程和最终雨后复斜阳的心路里程？虽然生活榨干了她生命中的所有汁液，但那些汁液滋养并成就了一个家，滋养并成就了她青春的梦想啊！她在为一个窝囊男人的每桩不幸最终埋单、在替子女们预支人生苦难的同时，实现了一个东方女性生命的辉煌涅槃！

草木一秋（创作谈）

写作价值断想

人生一世，草木一秋。大概是说人生的过程和意义，与草木是一般无二的。

自萌芽起，凡草木都会尽力争取生存空间，使自己尽量茂盛起来；茂盛是图求开花，开尽可能多、尽可能艳的花以招蜂惹蝶；而招蜂惹蝶、灿烂过后的草木仍然会蓬勃生长，直至结出种子，一年生的草木才安然凋零，平静地结束自己的"一秋"。

竹子一般是不开花的，而当死到临头，它会开出一生中唯一的一次花——临死前的绽放，图的是结出一种被称之为竹米的种子，将来再延续为一片"百千万杆绿不休"的竹海。

即便是那些出生于极贫瘠地方的狗尾巴草，瘦弱得连站立都困难，任凭茎叶枯黄还要苟延残喘，图的是最终挣扎着结出一两粒种子。

由此可见，草木"一秋"奋斗的意义，无非是结出种子。

虽然世界大千、草木繁复，但其生命过程的指向是唯一的，那就是种子；其生命的意义也简单到只有两个字，那还是种子。

种子是几乎所有植物生存的最终图求，是延续生命进入轮回的全部寄托。

与草木的"一秋"对应，人的出生相当于草木的萌芽，"发达显赫"相当于草木的茂盛，生儿育女相当于草木的结籽……不论贫富贵贱，生死荣辱憎怨慕，人生的旅程与草木何其相似。

天高地迥，时光渺渺，"草木"终结于"种子"，"种子"延续为"草木"，如此演绎轮回，涵盖了所有生命的过程及意义。

如若是这样，人生似乎就无意义了——

作为高等动物的人，生命的全部意义和终极目的，居然和草木，和包括细菌在内的最低等生物一样！人的"高等"，何以见得？

人同草木，又非草木。若认定人是区别于草木、区别于低等生物的高等动物，人生的意义和终极目的，就不应当仅仅是繁衍后代，而应当还有"种子"以外的东西。

"种子"以外的东西，我觉得应是思想的DNA——

延续爱因斯坦DNA的，不仅仅是其子女，更有其永远在

宇宙深处飞翔的"相对论";

凡高一生未婚,没有结出一粒"种子",而他的"向日葵"却依然在世界各地灿烂;

诗仙李白的后代已无可寻觅了,但他的诗篇却传承至今,而且还将继续与日月齐辉……

思想DNA的遗传功能,远比肉体DNA强大得多——帝王将相的金缕玉衣,并没有成全其不朽的遗愿;古墓被考古发掘后,甚至没有后人认亲!而司马迁的《史记》,则使太史公永垂不朽。

这是否可以证明:作为高等动物,人生价值进入永恒的唯一实现途径,是思想的DNA?作为高等动物,人生的意义和最终图求,应当是结出思想的DNA?

无奈的"姻缘"——选择小小说

萌生上述想法,认识到写作的价值,是我离开部队,进入位于湖北襄阳的一家军工企业谋生之后。

作为芸芸众生中的一员,我自然不可能与伟人比肩。但妄想是不能被从大脑的硬盘中彻底删除的。我也奢望自己思想的DNA能有所传承,因此开始了业余创作。

起初我写中短篇小说,但很快就发现,对于业余写作来说,企业这片土地绝对贫瘠,难以提供中短篇小说所需的最重要的营养——时间和环境。

对于一个渴望结出"种子"的人,整天被企业事务缠得

给人性一个答案

晕头转向、接触的都是产品质量、产量指标、员工纠纷，这样的环境无异于沙漠。我在这片沙漠中生长只能像狗尾巴草那样，挣扎着结出自己的"种子"——小小说。

我选择小小说的原因有二：

一是生存环境所迫。小小说的创作特点，是伏案写作时间短，酝酿时间长。我虽然难得有整块时间用于写作。但上下班途中、出差期间、饭前餐后，脑子闲暇的时间还是有的。把这些时间"碎片"充分利用起来，构思酝酿，成竹在胸后，伏案个把小时一篇小小说就可以出来了。

所谓酝酿时间长，是因为小小说有别于中长篇小说：虽说文学作品都源于生活原野上的"稻麦"，但有的作品将"稻麦"脱粒去壳，加工成"面粉""面包"就完工了。而优秀的小小说，应是"稻麦"做成的"酒"，需经过酝酿。"酒"对于原生态的"稻麦"，已经发生了非形态的物理变化，而是质的化学变化。我的小小说《山神》《海葬》《借条》等，写作时间均在个把小时，却都经过了几年的酝酿。

二是受小小说热的诱惑。著名评论家雷达先生说：小小说"这一文体从来都是通过表现其时代情绪以直接获取活力，而时代也给予这一文体以新的空间。"1958年，《天津文学》的前身《新港》2-3月号，发表了老舍先生的文章《多写小小说》，并开辟了小小说专栏；郭沫若、巴金、茅盾等文学大师都发表文章，倡导写小小说。但随着政治风云变幻，这种文体方兴即艾。直到20世纪80年代后期，改革开放极大地加快了社会生活节奏，短小精悍的作品才又受到空前的欢迎，小小说热迅速形成。这时，国内涌现出了专发小小说的报刊近30种，标志性期刊《小小说选刊》《微型小说选刊》，最高月发行量曾突破70万份；全国几乎所有的报纸副刊都开设了小小说栏目；全国性小小说赛事风起云涌，每年少说也有三五个；小小说广泛进入了大学、中学，走进了中考和高考，被收入各类试卷和教辅教材的小小说数不胜数……我创作刚起步不久，正赶上小小说热，就义无反顾地投入进去了。

我所追求的小小说

尽管文学作品都凝聚了作者思想的DNA，即思想的种子。但思想的种子都是"虫媒植物"，是需要"昆虫"之类传播才能延续的。"昆虫"很挑剔，非独特的生存智慧、独特体验、特殊情感和深度发现，他们就没有传播的兴趣。我认为优秀的小小说，应是那些容易引起"昆虫"兴趣的作品：

一是素材的选取。最佳的小小说素材，不是生活中普通的"故事"，而是罕见的"事故"；不是生活中的一束或一堆"稻草"，而是压垮骆驼的"最后一根稻草"；呈现的不是事物缓慢的量变过程，而是质变即突变的瞬间。作品应追求奇异、精巧、新颖，能让人眼前一亮、心头一颤的情节。

台北故宫的镇馆之宝"翠玉白菜"之所以传世，首先在于其选材绝佳：翡翠的白色部分被雕琢成了白菜帮，绿色部分成了白菜叶，蕴意为"清清白白"；与菜叶不同颜色的部分被雕琢成了纺织娘和蝗虫，这两种昆虫都繁殖力旺盛，蕴意为"多子多孙"。

类似的生活素材可遇而不可求。有家报纸副刊向冯骥才先生约稿，骥才先生说没时间。对方说：没时间你就赐篇小小说吧。骥才先生答："长篇小说有时间就可以写，而小小说有时间也不一定就写得出来。"原因可能就是小小说选材不易吧。

如果寻不到"翠玉白菜"之类的素材，用常见的素材来写小小说，也是可能成为佳作的。东汉青铜器"马踏飞燕"给了我们很好的启示：这件国宝级文物由青铜铸就，青铜并非珍贵，珍贵的是其独特的艺术构思——奔马的后蹄踏在一只飞燕上，来不及躲闪的飞燕惊恐四顾。艺术家的匠心独运弥补了素材的不足。

二是以短胜长、以小示大。有个外国总统应邀讲话，需准备讲稿。他问要讲多长时间，人家说要两个小时。总统说两个小时用不着准备讲稿，信口开河就对付了。人家问他：要是讲二十分钟呢？总统说这就要用两个小时来准备讲稿了。人家又问：要是只讲两分钟呢？总统说这就难了，最少要用两天时间来备讲稿。

优秀的小小说，就应当是这样的"讲稿"。巴尔扎克说："艺术作品就是用最小的面积，惊人地集中了最大的思想。"这大概是说真正的艺术作品，是在有限的信息范围内，表现出超时空的广博内涵。

小小说更应当如此。其姓"小",是说其篇幅短小,而不是其艺术内涵、艺术价值与艺术感染力的特征;不应当理解为小小说表现的仅仅是鸡零狗碎的小事,也不应当理解为它只能展现针头线脑的小见解、小智慧。

小小说虽小,却应具备小说的全部要素。受篇幅的影响,优秀的作品应在绝境中揭示矛盾、展示人物,在"山穷水尽""柳暗花明"的峰回路转中,凸显"洞庭一叶下,知是天下秋""君看萧萧只数叶,满堂风雨不胜寒"的独特艺术效果,以风格的独异、思路的奇特、立意或情节的突转,而给人出其不意的一击。